主编 凌翔　　　　　　　　当代作家精品·散文卷

杨柳依依

杨闻宇 著

天津出版传媒集团

天津人民出版社

图书在版编目 (CIP) 数据

杨柳依依 / 杨闻宇著. -- 天津：天津人民出版社，2023.2
（当代作家精品 / 凌翔主编. 散文卷）
ISBN 978-7-201-18882-9

Ⅰ.①杨… Ⅱ.①杨… Ⅲ.①散文集—中国—当代 Ⅳ.① I267

中国版本图书馆 CIP 数据核字（2022）第 196594 号

杨柳依依
YANGLIU YIYI

出　　版	天津人民出版社
出 版 人	刘　庆
地　　址	天津市和平区西康路 35 号康岳大厦
邮政编码	300051
邮购电话	（022）23332469
电子信箱	reader@tjrmcbs.com
责任编辑	岳　勇
封面设计	邓小林
主编邮箱	jfjb-lx2007@163.com
印　　刷	三河市金元印装有限公司
经　　销	新华书店
开　　本	710 毫米 × 1000 毫米　1/16
印　　张	12.5
字　　数	200 千字
版次印次	2023 年 2 月第 1 版　2023 年 2 月第 1 次印刷
定　　价	49.80 元

版权所有　侵权必究
图书如出现印装质量问题，请致电联系调换（022-23332469）

目 录

第一辑　天意高难问

兵与酒　002

李广墓记　005

定军山月半轮秋　007

虎性不移　010

大节与细节　013

文武之道别裁　016

笔走蒲城　020

溪口百年事　025

杨柳依依　030

第二辑　润物细无声

旷达　034

直面人生　038

淡泊中的真味　041

智慧胜于珍珠　044

且看小人　046

壮举的悲哀　049

朴素的质地　052

金钱二喻　054

第三辑　雨露之所濡

　　锄忆　058

　　土炕　061

　　板桥的回忆　065

　　元夜的灯笼　069

　　野草无言　073

　　麦性　075

　　秋象　077

　　梦中花草　079

　　西邻·南邻　084

　　回禄小记　091

第四辑　月上柳梢头

　　人约黄昏后（二题）　096

　　春水一畦辘轳声　100

　　西瓜轶趣　103

　　单车野史　106

　　耕织的印痕　110

　　海风拂过晾台　113

　　老树感怀　116

　　温暖的记忆　120

第五辑　皎魄临九州

水文行迹　124
江山与伟人
——岳王庙和秋瑾墓　126
静静的喀纳斯湖　130
念想嘉州　133
祁连雪色　137
新生的土地　141
大地的闪电　143
闲笔小语　147

第六辑　有暗香盈袖

从醉翁亭说起　160
《三滴血》探源　164
重温《好了歌》　167
失序与缺钙　171
景仰杖藜人　174
生活是美的基地　177
闲话百宝箱　180
看似寻常最奇崛　183
性灵说浅议　187
丈夫襟怀　191

第一辑　天意高难问

兵与酒

"八月扑枣，十月获稻，为此春酒，以介眉寿"（《诗经·七月》）。酒能延年益寿吗？说不清楚。人生于世，开初饮第一口酒时，无不龇牙咧嘴，缩鼻皱眉，呈丑陋相，心里同时打出一连串的问号：这算是什么味？酸、甜、苦、辣，互相搅和，一时说不清白。嗜酒成性的人总结出"香醇"二字，也是个意象含糊的杜撰。

人生四戒：酒色财气。这四样关乎一个人的盛衰生死，其间酒为首。自从有了军旅，这军旅关乎一个政权、一个国家的起灭兴亡；刀枪车马之外，酒与军旅的关系又至为密切。

在旷远阔大的古战场上，酒使猛将出阵，酒使三军用命，直杀得愁云惨淡，山河失色。人生"难得糊涂"。将士饮酒之后，其所以亮本性而见真勇，是酒搀扶着他们进入了似乎"糊涂"的境界，醉眼蒙眬，漠视血色与尸体，不思量、不自省、不返顾，敢于将个人的生命孤注一掷。于是战神那猎猎飘荡的旗帜上，仿佛只写着斗大的一个字："酒"。酒与血如此切近，能喝酒而后敢流血，这才是"酒旗"的真谛。"牧童遥指杏花村",飘拂于杏林之上的酒旗,确切而言,只能称作"幌子"。

"归鞍共饮月支头",同仇敌忾,生死依之。"斗酒相逢须醉倒",战友情深,举杯共饮,抵足而眠。"醉和金甲舞,擂鼓动山川",好一幅天然的胜利凯歌图。"酒痕和雨沾襟袖,剑气如云贯斗牛",长途行军,气韵若虹。"交河美酒金筀箩,浑炙犁牛烹野驼",野味洋溢,边塞有大美。"葡萄酒熟恣行乐,红艳青旗朱粉楼",酒气弥漫,军旅自有春色。古战场多处于荒凉不毛之地,而军人们以形形色色的方式洒往各个角落的美酒,使风雪中掺和了暖意,为军帐里点缀了花絮,荒寒之地便有了生趣与生机。西汉名将霍去病大败匈奴,控制了河西地域,汉武帝赐酒慰劳,霍去病倾御酒于清泉,三军共饮,地天同乐,当今这"酒泉市"的名儿,正是这样诞生的。源远兮流长,好一座永远不失却酒香的城市哟!

酒之形如水,水使人静,而酒里含火,烈酒里火气尤甚。酒酣之人慨而慷,醉里之言决而断,证明了酒的效应全在一个"醉"字:醉,是一种灵魂与肉体若即若离的境界。醉分等级,其态不一。

有一种重大场合,是踞案而危坐,对好酒而不敢醉:项羽排设鸿门宴,关羽温酒斩华雄,曹操青梅煮酒论英雄,赵匡胤杯酒释兵权,范仲淹浊酒一杯藏甲兵,座山雕在山洞里弄了个什么"百鸡宴"……或者画屏掩遮,或者掷杯为号,静静的酒杯里贮藏着杀机,氤氲的酒香里浮荡着阴谋。这里不是战场,又重于战场,刀丛与酒杯并列,诡计与谋略为邻,平时无论多么贪杯的人,在这里谁敢轻易沾唇、希图一醉呢?古往今来,帝王里酒鬼不多,即便是草创天下的开国之君,其身上也很少见伤疤痕迹。而武将,几乎无不嗜酒,将那功高者解衣检视,浑身伤疤累累。这伤疤,仿佛是酒神打下的印记。

武人饮酒,也有另外一种神态。那饮酒之人貌似忘情,内心则将爱憎默默地升华到极致,汇作乌云,凝成霹雳,再从那高处迅雷贯顶式地打击而下。鲁达拳打镇关西,黄泥冈放倒青面兽,武松之干仗、打虎、杀人，宋江之题写反诗，李逵之抡动板斧横行砍斫……你数数那一百单八将，在恶浊与猛兽面前，有几个不是先饮酒而后行事呢！特别是那个以逆来顺受称著的林冲，最后顶着漫天风雪夜奔时，是用红缨长矛挑起一个酒葫芦径投水泊梁山的，肩际长矛向着天空抖一蓬火焰，飞雪里抖动的火焰裹着天下第一流的明锐与冷峻，葫芦里的酒汨汨有声，仿佛是永远也封冻不住的、波荡着一层层"造反"激浪的江河。水浒英雄系列，悄然以酒为底衬，一言一动，面临大事，处处拂动着酒气。倘是无酒，86万言的《水浒传》，还能读得下去么！

酒，是力量的激发剂，是胆量的赐予者。军人生命（人生使命）之痛快淋漓，正是用酒将浓烈、奔放、洒脱、豪纵融于一身，将个人生命义无返顾地化为箭镞，勇敢地搭在了战事与抗争的弓弦上，极度扯开，骤然放手，穿刺！饮血！折断！

需要补充的是，酒在当今渗透于民间，仍不失其内蕴与本色。骚人用以破闷，侠客用以破愁，新郎官用以入洞房……仿佛还遗有"酒犹兵"的意味。可恶的是，宴席上有一批醉酒者，形醉而神不醉，娴熟的应酬辞令满腹皆是，推杯换盏，逢场作戏，有求于人之事，能及时道出个子丑寅卯，举杯定盟，一仰而下，会意成交。他们信奉的是"世路难行钱作马，愁城欲破酒为军"的混世格言。这种"醉而神全"之徒，似乎忽略了宴席上排压的醉虾、醉蟹、糟蛋、糟鸡——大凡中酒而醉昏者，无一不是被灭、被吞的对象。现实生活是严峻的、无情的，君不见，那危害社会的犯人毙命之先，也要喝一杯"倒头酒"么！

酒，倘若是推动人生战车前行的无形力士，在日常生活里略为失慎，却又很容易变成导人走火入邪的魔鬼。善用美酒者，其乐无涯，以介眉寿；误用美酒者，天网恢恢，悔之无及。

《中国最好的美文》，崇文书局，2011年10月

李广墓记

天水出现过一系列历史名人，西汉李广便是其中之一。耤水穿城入渭水，南岸2千米处文峰山山腰的石马坪，遗有李广坟墓。

这位勇猛矫捷、精骑善射的名将，在40年戎马生涯中与匈奴作战70余次，屡建奇功，威慑边关。千年过后，李白、杜甫、王维、王昌龄、李商隐还对他痛惜不已。英雄的战绩在历史长河里也像个丈八高的灯台——照远不照近。在当时，李广的遭际并不顺当，64岁那一年出征远塞，迷道误期，他是掣开激愤的锋刃自刎于沙场的。

坟茔前是方形尖顶墓塔。塔后紧依着巨大的半球形坟堆，周砌青砖，青草封顶，那野草相当茂盛。早年的楹联"虎卧沙场射石昔曾传没羽，鹤归华表沾襟今再赋招魂"已经没有了。偌大个石马坪也只余下两匹断首残躯、造型轮廓朦胧不清的"石雕骏马"，乾隆年间立下的"汉将军李广之墓"的小石碑，被坟头披离下垂的青草遮住了脑额，轻风乍拂，碑身如披草的鬼魂，令人心悸。

在这里，黄泉下沉郁的悲愤气息压倒了疆场上短暂的、驰骋的英武气概，四近无形中便有些苍凉。沿渭水东行200余千米，马嵬坡那个逗惹得皇帝哭哭笑笑的杨贵妃的坟墓，屋宇翻新，诗碑成廊，参观者络绎不断，比李广墓阔绰、热闹多了。

　　李广墓夜静时苍凉，白天并不寂寞。小学校已经占据了石马坪，墓园被裹在校园里。距坟茔五步之外的阶下，排着低矮的校舍。小学教师晚上备课，恬柔的灯光漫过窗棂，可以照亮坟头上萋萋的芳草和流萤似的小花。我们在墓前照相时，小学生挤上来看稀奇，男男女女，不言不笑，水灵灵的眸子直瞅着我们。上课铃响了，孩子们小雀儿一样飞进教室，教室里立即书声琅琅。

　　拼着命打了一辈子恶仗、硬仗的李广，如今与勤谨善良的家乡子弟朝夕相处，与纯洁天真的性灵为友，与亲昵的乡音为伴，和平宁静，天籁似水，也算是身后一乐罢。李广当年是自刎在荒漠草原上，山遥水复，尸骨运不回乡，这墓里实际上只埋着一盔、一靴、一战袍而已。

　　步出校门时，聆听着身后的读书声，我心里忽地沉了一下：现在兴学习古文，孩子们会不会从课本里翻出李陵的《答苏武书》呢？这则催人泪下的文章里可是有这样的话："陵先将军，功略盖天地，义勇冠三军，徒失贵臣之意，到身绝域之表。此功臣义士所以负戟而长叹者也！"这一位"陵先将军"，指的可正是李陵的爷爷李广啊！

　　读书至此，教室里的孩子们自会情不自禁地凝视窗外。窗外是静寂不动的、蔓草迷离的一座古坟。

《人民日报》，1990年8月31日

定军山月半轮秋

  汉水之滨的定军山下，自南而北排列的，有武侯墓、武侯祠和马超墓。

——题示

  马超，字孟起，东汉伏波将军马援之后。"男儿要当死于边野，以马革裹尸还葬耳，何能卧床上在儿女子手中耶。"正是马援留下的军旅誓言。曹操是杰出的大英雄，马超与之有灭族之仇。曹、马潼关交锋，马超雷厉风行，直杀得丢盔撂甲的曹操发出这样的惊呼："马儿不死，吾无葬地也！"

  曹操一生，称许过刘备、孙权，对马超的喟叹，应为第三位。后来马超投奔刘备时，刘备正兵分两路进军益州，且直取刘璋的大营成都。马超"密书请降"而率兵抵达成都时，刘备万分欣喜地说，孟起"信著北土，威武并照"，今来投我，"我得益州矣"。《蜀书》记载："先主遣人迎超，超将兵径到城下，城中震怖，璋即稽首。"

民间早有"天下英雄数马超"的传言。镇守荆州的关羽素闻马超威名，今又归蜀，按捺不住自己，便给诸葛亮去信询问："超人才可谁比类？"并提出离开荆州到西川与马超较个高低。

诸葛亮深谙关羽的性情和心理，乃答之曰："孟起兼资文武，雄烈过人，一世之杰，黥、彭之徒，当与翼德并驱争先，犹未及髯之绝伦逸群也。"关羽须髯丰美，故亮谓之髯。收到复信后，关羽得意地抚髯而笑，将诸葛亮的来信让宾客们传阅。这件事发生在214年。219年，黄忠在定军山斩了夏侯渊，刘备欲封黄忠为后将军，诸葛亮曰："忠之名望，素非关、马之伦也，而今便令同列，马、张在近，亲见其功，尚可喻指；关遥闻之，恐必不悦，得无不可乎？"由此可见，在"名望"二字上，诸葛亮对关羽的迁就是入微的、细致的。

刘备是在219年当了"汉中王"后才封关羽、张飞、马超、赵云、黄忠为"五虎上将"的，诸葛亮答关羽书，尚在五虎上将封列之前。倘是允许假设历史，真的就让马超、关羽在马背上见个分晓，谁敢断定马超不会坐第一把交椅呢？君不见，《三国演义》每写到关羽在战场上挥刀出阵，皆用虚笔，而写到马超的一杆长枪，则如蛟似龙，翻江倒海，直杀得天昏地暗。诸葛亮在信里赞关羽"绝伦逸群"，也只是权宜性的安慰式的赞词，不过是给"髯"公戴了顶纸糊的"桂冠"罢了。这顶"桂冠"，无形中是助长了、也宠惯了关羽的倨傲心性。

诸葛亮对关羽一而再，再而三地宠之于内，吴国的陆逊代吕蒙镇陆口（湖北嘉鱼）时，从挫蜀的战略上着眼，便对心高气盛的关老爷吹捧于外。陆逊在给关羽的信里写道："于禁等见获，遐迩欣叹，以为将军之勋足以长世，虽昔晋文城濮之师，淮阴拔赵之略，蔑以尚兹。"关羽看了陆逊的信，"意大安，无复所嫌"。陆逊觑准时机，暗施计谋，终于使骄矜自大、刚愎自用的关老爷"大意失荆州"，在蜀汉的天上戳下个谁也无从补救的大窟窿。

荆州失而关羽殁，刘备则愤而伐吴，诸葛亮所制定的"联吴抗魏"的大政方略，彻底变成了一纸空文。呜呼！性格决定命运，而关羽这个性格，决定的分明是整个蜀汉的命运。

作为军事统帅，对所属的诸多将领的调理和调度，诸葛亮夙兴夜寐，小心翼翼，已经是尽到最大心力了。战将与战将之间，矛盾不可能彻底平息。单是这关羽与马超的名分问题，诸葛亮也只能依势平衡，妥善调和。杜甫写过一首叹惋诸葛亮的诗："功盖三分国，名成八阵图。江流石不转，遗恨失吞吴。"可诸葛亮怎么也没有料及，自己终生最大的遗恨，正是这个被他一宠再宠的关羽一手炮制的。

关羽219年被杀，张飞221年被害，刘备223年辞世，镇守阳平关的马超也在222年病故了。阳平关北依秦岭，南临汉江与巴山，雄峙于西通巴蜀的金牛道口和北抵秦陇的陈仓道口，历来为"蜀之咽喉""汉中门户"，227年诸葛亮伐魏时来到勉县，令超弟马岱挂孝，他亲自祭奠马超，心里无疑是很伤感的。

在诸葛亮与马超的祠墓之前，回响着历史行进的沉重足音。

《光明日报》，2010年2月5日

虎性不移

对人生而言，腐刑比杀头更难忍受。风雨如晦之中的史迁做如此艰难的抉择，正显示出其生命力的卓尔不群，坚韧与刚强。

《史记》载录了几千年的史实，这一面巨型的历史透视镜，是在极端痛苦、不幸，极端伤感、艰难的条件下用拌和血泪的笔墨写成的。历史以那么残酷的方式愚弄、挫磨史迁，决定了史迁所发之愤绝非一己之私愤，既愤慨封建与皇权，也愤慨俗风与世情。

李陵在漠北浴血死战之际，使报于朝，"汉公卿王侯，皆奉觞上寿"，礼拜山呼，颂声雷动；当李陵战败陷落的消息突然到来时，武帝听朝不怡，两班刚刚欢呼过的文臣武将这时节全部成了哑巴，个个木雕泥塑似的，"大臣忧惧，不知所出"。此时此地，只有一个史迁挺身出列，剖白自己对大汉王朝的忠忱与诚恳。当史迁被不幸送进囹圄时，"交游莫救视，左右亲近，不为一言"（落井下石者自不乏其人），大伙眼睁睁地看着忠直无辜的史迁被送进蚕室去受刑。"交游"为同事和朋友，"左右亲近"指武帝平素所信赖的心腹大臣。这就是巍巍宫阙里的世态，这就是锦绣之乡的人情，当然也正是最现实、最深邃的"天人之际"与"古今之变"（这等"际、变"，2000多年里绝少移易）。

封建大树所结下的第一号硕大果实是奴性，这奴性之果在臣僚群落里被培养得最为圆满和成熟。而人生里坚于磐石的奴性是怎样逐渐形成的？后人从《史记》中自能理出些眉目来。

成于封建阴影下的《史记》，其中的《今上本纪》中有"汉兴五世，隆在建元，外攘夷狄，内修法度"之类的颂词，这正是在重压下出现的纤弱以至于失色的蔓草，落笔写这等文字时，史迁自叹："及以至是，言不辱者，所谓强颜耳。"古今皇权之下，强颜为笑、强颜为欢有的是，未必就全部属于奴性。《报任安书》里有言："猛虎在深山，百兽震恐，及在槛阱之中，摇尾而求食，积威约之渐也。"李陵是毋庸置疑的虎将，人以群分，史迁心性亦与虎同。一文一武，在政坛上作为先后着鞭的难兄难弟，史迁之隐忍苟活，与李陵之寄身朔方是对应的、平行的。现实无论对他二人施加怎样的淫威与压力，他俩依然是猛虎。奴性笼罩宫廷，但在猛虎身上从来就没有丝毫立锥之地。

龙有龙角，虎有虎须。司马祠里造于北宋时代的史迁塑像，并非宫刑挫磨之后的"妇人之像"。这留须之像，传说是依照当年从芝川乡间寻访到的壮年线描画像仿塑的。壮岁时耕牧壮游，磊落奇迈，武帝冷不防给了他残酷的一刀，此一刀奇耻大辱，只能使其本有的阳刚之气被点火起燃而进一步升腾。"天地有正气，杂然赋流形"，史迁之气所赋予之流形，就是《史记》。祠里倘塑一"妇人之像"，可真是大煞风景矣。

最凄惨的际遇，成就了一部最壮美、最瑰丽的《史记》。"绝唱"指的是最高造诣，《史记》证明，只有在绝境里才能产生绝唱，这简直形成了中国史学与文学的一条原始辙印——当是一条不祥的逻辑。"怜才膺斧钺，吐气做霓虹"，这刀剑染血式的苦难，促人思考。而这样的思考，是为苦难加上一层霜并使之深入精神领地里再度受难，最后才绽放出一丛丛艳丽的菊花来。文才易有，史才难得。《报任安书》里列举了八个王侯将相遭祸泯灭之后，写道："古者富贵而名摩灭，不可胜记，唯倜傥非常之人称焉。"对后一类，史迁又列出七位：文王、仲尼、屈原、左丘、孙子、不韦、韩非。八位王侯将相被封建绞肉机绞成团团肉酱而后泯灭，而这七位，是将被绞出的血花发愤化为一簇簇的火花，他们这才升华为璀璨不灭的星辰。前八后七，后排里空出一个位置，莫非是上天预留给史迁的吗？

天意高难问，《史记》如菊，蕊寒香冷，初问世时，汉晋名贤未知见重，很长时间，《史记》不为人知，处境是相当冷清、寂寞的。鲁迅先生1926年誉其为"史家之绝唱，无韵之离骚"时，已经是2000年之后的事情了。

大节与细节

大节指一个人的气节操守，细节与大节是有机的统一体。在紧要时刻、生死关头，率先出现的并不起眼的细节，往往是大节的"先行官"。

1907年7月13日（光绪三十三年六月初四）下午，清军包围了绍兴大通学堂。秋瑾在数日之前，已得到清军将至的消息，她不但不躲避、不转移，反而在痛痛快快沐浴之后，换上一袭白衫，端坐楼上，严肃静寂地等待着清兵的出现。范文澜在《女革命家秋瑾》中这样写道："秋瑾穿着白汗衫，双手反缚，被一个清兵推着走……从锦麟桥向绍兴知府衙门走去。"秋瑾浴后之一袭白衫，显示着"质本洁来还洁去"的牺牲意志，是她决意身殉而挑出的一面灵旗。这样平实的细节，悄悄然出现于生死关口，如杨花之过庭，悄静无声，以沉潜的方式显示出强大的意志与坚定的信念。

生于绍兴而比秋瑾小不了几岁的鲁迅，在参加杨杏佛追悼会前，曾接到国民党特务装着子弹的恫吓信，警告他不要与会。鲁迅盯住子弹，执意前往，出门后顺手一拉，锁了房门，又随便一伸手将钥匙给扔了。

这样轻轻一扔，无异于是将信里的子弹坚决地顶了回去。这小小的细节，与秋瑾一袭白衫而横眉冷对、以死抗争有什么区别呢！

　　典型细节作为生命深处的结晶品，往往是在英雄献身的最后时刻，回光返照一样传递出灵魂第一线的最珍贵的消息。吉鸿昌1934年11月24日在北京英勇就义前，持一树枝在地上写道：

　　恨不抗日死，留作今日羞；
　　国破尚如此，我何惜此头。

　　扔下树枝，他的热血很快就洇染了这20个大字，这惊天动地的诗句，出自肺腑，是一位爱国者灵魂的绝好注脚。

　　早在3年前，蒋介石为阻挠吉鸿昌抗日，逼他去美国"考察"。一日，吉鸿昌和国民党驻美使馆的一个参赞去一家邮局寄包裹，邮局职员却以轻蔑的口气说："中国？我不知道中国！"随同的参赞对吉鸿昌说："你干吗要说你是中国人？你可以说你是日本人，这样你就可以受到礼遇。"吉鸿昌怒不可遏，一把抓住参赞的衣领说道："你觉得做一个中国人丢脸吗？我觉得做一个中国人光荣得很！我吉鸿昌誓死不当洋奴。"回到住处，他当即在一块小牌上写了"我是中国人"5个字，佩于胸前，昂首挺胸地出入于美国人之中。这一细节与吉鸿昌殉身前写诗的细节互为照应，显示出人生大节上的刚正磊落，坚贞不渝。

　　一个人的性格、人品作为总体构件倘是化入历史的年轮，那既往的细节也就铸成为历史的细节了。经年之后，倘有当事人企图伪造、创作一二关键性的细节，改变、移易自身的形象，几近于猴子捞月。

　　周作人是个降敌附逆、晚节不忠的作家，1946年被国民党法院判处有期徒刑14年。中华人民共和国成立后，他给周恩来总理写了封长信，希望人民政府能有使用自己的机会。毛主席批示："文化汉奸嘛，又没杀人放火。现在懂希腊文的人不多，养起来，让他做翻译工作，以后出版。"被养了起来的周作人，"文化汉奸"是他晚年最致命的一块心病，1961年他写了篇约3000字的文章《元旦的刺客》，重提1939年他遭遇到刺杀的事件。文中写道：

> 这案始终未破，来源当然无从知悉，但这也可以用常识推理而知的。日本军警方面固然是竭力推给国民党特务，但在事实上还是他们自己搞的，这有好几方面的论据……

这20多年前的事件，原本是抗日青年的锄奸行动，周作人以为时过境迁，便取借旧事捏造细节，为自己叛国罪行辩护，将此说成是因为他"触怒了"日本人而遭到日本军警的刺杀，这不是将自己打扮成一副差点儿成仁的"准烈士"形象了吗?！周作人将这篇文章寄给《光明日报》，报社一周之内即将此文退回北京八道湾周作人的手中，使这个丧志失节的老汉奸"甚为不快"。

历史本身就是一门科学，在这等进了历史"档案库"的细节上要弄手腕，作伪藏奸，后果只能是弄巧成拙，欲盖弥彰。

人生当然不可以谨小慎微，成天拘泥于小节。但生活实践告诉我们，"祸患常起于忽微"，在观察人、了解人、认识人方面，又决然不能忽略关键性的细节。因为人生关键处只是几步，而典型细节也只是在关键处才有所披露。

《光明日报》，2005年8月26日

文武之道别裁

倘若没有司马迁的《项羽本纪》，文学长廊里就不可能存在空前绝后的项羽形象。司马迁是文人，"司马祠"在黄河西岸的韩城县（今韩城市）境内；项羽为武夫，"项王祠"在长江西岸的和县境内。黄河南下，长江北上，殊途同归而东注于海，项羽及司马迁的一生，主要就鏖战、奔波在这大河与长江之间的中原地域。项羽学书不成去学剑，司马迁则终身以文字为生涯，一文一武，同属于悲剧型的人物，气质相辅而成奇文，《项羽本纪》便成为史册上、文学里特别辉煌的一页。在漫长的历史进程中，由于悲剧里寓有崇高，历史便只能在悲剧中朝前迈进。东方艺苑里此等人文双盛的现象，大巧天成，仿佛属于造化之安排，非单纯之人力所能为之。

历代精英围绕项羽，生发过一系列的感慨：一种人认为他迷信武力，过于"横暴"，只能是这样个下场；一种人认为他应当开阔胸襟，经得起挫折和失败，卷土重来，东山再起；更多的则认为项羽襟怀坦率，光明磊落，人品道德足以垂范千秋。项王祠大殿里到处是名人的书法、联语。

毛泽东书写的杜牧的《题乌江亭》刻嵌于右壁首席地位:"胜败兵家事不期,包羞忍耻是男儿;江东子弟多才俊,卷土重来未可知。"认可的是前代评论中的第二种观点。"包羞忍耻",只是浅层感受,毛泽东更深层的体认,则是"不可沽名学霸王"。鸿门忍手,鸿沟划界,提出匹马单枪与刘邦决一雌雄,不都是为了沽一个"仁者"之名吗?不懂得心计权术,无视于政治手腕,终究被对手捺进了泥坑,这可是项羽用生命换来的沉痛教训。

"力拔山兮气盖世",天下公认这七个字为项羽所专享。力有度而气难量。俗气教人烦,傲气讨人嫌,霸气使人畏,而项羽之霸气自树高标,江东八千子弟以此气为战魂而纵横天下,直至为之殉身。这等霸气延及后世,人们非但不以野心视之,无形中反以豪雄为誉。

美女留下小阁楼,猛将多遗衣冠冢。大殿后边的花园里,便是"西楚霸王衣冠冢"。冢围红墙上白粉衬底的黑墨大字"力拔山兮气盖世",一字一壁,大于碾盘,非常抢眼,竟是沈醉1993年的手笔(题字人时年81岁)。

与沈醉的题字相映成趣的是,是前国防部长张爱萍题的"霸王祠"三字,印刷在三寸长的窄窄的门票上,小,印量却大,不胫而走,能流布五湖四海。

祠外正西方向建一钟亭,内悬巨型铜钟,名曰"三十一享钟"。项羽24岁起兵,31岁自刎,此钟纪念他享年31载。人说雁过留声,项羽那驱动风云的叱咤声,全部铸进了洪钟里。佛门代表赵朴初的题联,镌刻于大殿双柱上,肃穆、庄严。步出祠门,凝望铜钟,觉得身后的题刻是个意味深长的安排。题字煊赫而铜钟有声,互相照拂,形成无远弗及的天籁式的提示。文盲懒进项王祠,洪钟轻易不作声。亭里那钟突然间响起来了,一声接一声,轰轰烈烈地延续了31响。这是陪我同来的几位艺术家吴国亭、苏叶、罗积叶在合伙撞钟,钟声苍茫、宏壮,回荡在万里长江的上空……

仔细思量,野外的祠庙与都城里的宫阙是无法进行比较的。皇室殿阁巍峨辉煌,笙歌彻夜,却无法避免周期性的焚毁、更迭;而屹立于荒野,千年不倒又让人感慨的,却是这落寞的项王祠。《史记》记录着胜利者刘邦向乃父炫富的本相,同时也写下了项羽落荒时问道于田父的误局——胜者既可成为窃国之巨盗,败者又如何算不上失路之英雄呢?"文武之道,相辅相成"的深远寓意,熔血火于一炉,深邃、神秘,谁也勘不透谜底。

步出祠门,检点祠园内外的诸多安排,似乎无序而凌乱,可是这一切似乎又暗暗契合着社会进程中的具体步骤。历史的步伐,从来也不以人的意志为转移,无论先哲们怎样费尽心机地推算、预测,历史在重要关头所迈出的每一步,总是出乎人们的猜想、意料。是为"天意从来高难问",园内的安排不好说。

天意归于天意,在社会道德的天平上,人们的怜悯、同情之心则是倾向于失败者的。如此倾斜,生存逻辑上也还是顺情合理的。处于集权统治之下的人们,备受剥削压迫,愤懑、怨恨,长期陷于无可赴诉的境地,心底同情专制者当初的对立面,也就不足为奇了。

帝王冢大,龙体藏焉;武夫余蜕,坟草荒寒。入主于宫阙的帝王冢大而无祠,项羽未能称帝(连沐猴而冠也十分短暂),则有其祠。项王祠始建于唐,遭逢乱世,时有破坏。金废帝完颜亮1161年大举攻宋,兵行此地,"欲火其祠,有大蟒绕梁,声如雷,亮惧乃止"。祠门墙额上的金粉大字为"西楚霸王灵祠",一个"灵"字;似乎含有"灵应"之意。这座项王祠,历代均有扩修,延至清代,殿屋堂庑达九十九间半。项羽之墓在谷城,此祠之后院也仅存衣冠冢。祠的扩建者是什么人呢?这小冢里真的埋有项羽的衣冠吗？时远年深，风流云散，不好说了。强韧勇毅的精神气质，深至地关乎一个民族的盛衰沉浮。如果说，项羽精神堪为精神界之柱石，天赋的阳刚之气不褪色也不消沉，历史悠久的中华民族，何至于积弱至此而亟待复兴呢？

项王祠距南京不远，交通也还便捷，却算不上一个热闹的景点。战败于斯世，建祠于荒野，来此瞻仰者终究有限，人们熟知莫愁湖、秦淮河、鸡鸣寺，也知道大屠杀纪念馆，而不晓得什么项王祠。

2000多年往矣，项羽那魁梧的身影渐行渐远，很朦胧了。

《解放军文艺》，2018年4月

笔走蒲城

蒲城，位于西安的东北方向，距我的老家200里地，不算很远。

西安事变是改变中华民族历史命运的一桩大事，发动事变的另一主角杨虎城将军，就是蒲城甘北村人。为了写作纪实文学《西安事变》，1987年春上，我去了趟蒲城。采访工作行将结束时，陪同的一位当地朋友提示我："在杨虎城之前，蒲城还有个爱国名相王鼎，而今县城的西街，遗有王鼎的祖宅。"因为手头这本书有时间限制，我不敢贪多，便与王鼎失之交臂了。

眨眼间过去了10年，1997年夏天，我国政府对香港恢复行使主权的前夕，多家媒体介绍：蒲城的王鼎纪念馆6月8日正式开放。香港是1842年8月29日离开祖国的，那是王鼎自缢后的第81天；王鼎纪念馆开放的日期，为王鼎殉国155周年祭日，这一天距香港回归仅剩22天，而香港受殖民统治，也恰为155年——一南一北，山遥水远，香港的去留与王鼎的存殁，关系显然是非同寻常了。

王鼎纪念馆坐落在蒲城西街一座前后两进四合院之南院，这是王鼎的祖宅；北院略小，则是"林则徐纪念馆"。鸦片战争是中国从封建社会沦为半殖民地半封建社会的转折点，也是中国近代史的开端，人所共知，禁烟的代表人物林则徐，是近代史上反帝反侵略的第一人。王鼎虽是林则徐的老师，因为学生的名气太大，进林则徐纪念馆要收30元的门票；老师由于名声有限，其纪念馆免票，可以随意进出。名声连襟于金钱，由来甚久。

因为虎门禁烟，林则徐被清王朝发配于新疆，流放4年，60岁的林则徐奉旨回京时，途经陕西，曾专程前往蒲城祭奠其师王鼎；翌年（1846），林则徐任陕西巡抚，又向朝廷请假三月，住在王鼎故居，为老师守"心丧"。现在的林则徐纪念馆，正是他当年守丧下榻之所在。当年下榻时，王鼎辞世已经四个春秋了。

王鼎是著名的清官，行事严谨，不徇私情。54岁那年为江西学政，而主持江西乡试的副主考正是31岁的林则徐，二人配合默契，杜绝了一切投机钻营，得罪了不少当地的大户。冬天，王鼎离赣返京，有人在他必经之处立一道牌子，大书"虎去山犹在"，隐喻强龙压不过地头蛇之意；王鼎微微一笑，轻巧地对接下联："山在虎还来"，意思是天地轮回，邪不压正。

鸦片毒品，明末是作为药材进入中国的，康熙后期吸食泛滥，道光年间已致成严重灾害。清王朝内部，对待鸦片分为主禁、弛禁两派，主禁派以王鼎、林则徐为首，弛禁派以穆彰阿、琦善为首，后者盘根错节，实力强大，道光皇帝在其间举棋不定。王鼎利用穆彰阿母丧之机，促使道光皇帝下令禁烟。林则徐南下禁烟之前，弛禁派对他严厉威胁；林则徐赶到北京甘石桥王鼎家中，两人认真研究了如何开展禁烟斗争，而且决定用梅花桩来阻挡英国军舰之进犯。

林则徐、邓廷桢在南方浴血奋战，王鼎在京运筹帷幄，禁烟运动成果显著。可这个时候，弛禁派在朝廷里又逐渐得势，迫于军事压力，道光皇帝打算以惩办抗英有功的林则徐、邓廷桢来换取英军退兵，于是，决定将林则徐从重处理，发配新疆伊犁，效力赎罪。

正在此时（道光二十一年六月十六日），黄河在开封决口，年逾古稀的王鼎奉命出署东河河道总督，为袒护林则徐，以便于下一步释罪再起，王鼎以其特殊身份保奏林则徐"襄办塞决"，协助他治理黄河。道光帝答应了王鼎。在帮助王鼎治河中，林则徐朝夕住坝，详察水情，筹悉险要，如出奇兵，使得堤坝如期合龙。治河工程以"财用之节，成功之速，前此未有"的成绩胜利竣工。以此，王鼎被晋升为太子太师，王鼎连忙又上书道光帝，力赞林则徐在治河时"深资得力"，且言"还朝必力荐之"。然而道光帝已被侵略者吓软了，急于"解仇通好"，仍决定将林则徐充军伊犁。王鼎闻之大骇，觉得自己的良苦用心全部泡了汤，顿足长叹，老泪长流。而林则徐则泰然自若，因为他早就预料到会是这样的一个结局。

王鼎回天无术，只好与林则徐相送于河干，泣不成声，洒泪而别。这也是最后的诀别。时序虽是夏季，却不无"风萧萧兮易水寒"的滋味。

送别林则徐后，王鼎星夜兼程赶进京城，向道光帝"廷诤"，极赞林则徐之贤能，且用陕西话厉声诟骂穆彰阿为当朝的严嵩、秦桧。道光帝看不过眼，便以"卿醉矣"为词，命太监扶出大殿。翌日，王鼎继续谏诤，道光帝生气，抽身而起准备回宫，王鼎牵住其袍裾跪在地上，大声说道："皇上不杀琦善，无以对天下；老臣知而不言，无以对先皇！"道光帝万般气恼，甩袍离殿。老泪纵横的王鼎仍是长跪不起，道光帝只得派小太监把王鼎架回他在圆明园的临时住所。

自那天起，道光上朝，不再召见王鼎。可怜一个75岁的军机大臣，白发苍苍，天天跪在宫门之外，连理论的机会也被剥夺……

王鼎深感议和木已成舟，皇上的决心已无从挽回，身为重臣，他只有效法春秋时期卫灵公手下的大臣史鱼，以死相谏，以血醒君。1842年6月8日的夜里，月凉似水，孤灯斜照，王鼎郁闷如磐，五内俱焚，含泪向道光帝写下遗书："和约不可轻许，恶端不可轻开，穆不可任，林不可弃也。"写罢，置夹衣中，以白绫三尺自缢于圆明园寓邸。王鼎死后第81天，《南京条约》签订。光阴又过去18个春秋，圆明园被英法联军全盘焚毁。

"林大人发流、王大人尸谏"的消息迅速传遍全国。流放途中的林则徐听到王鼎死讯，悲痛之极，写下了"伤心知己千行泪，洒向平沙大漠风"的诗句。抵达伊犁，又写下《塞外杂咏》，其中有一首是："天山万笏耸琼瑶，导我西行伴寂寥。我与山灵相对笑，满头晴雪共难消。"诗里的"笑"字，以"哭"字为解，似乎更切合林则徐当时的情怀、本心；而"笑"字，则显示着林则徐坚韧非凡的意志、毅力。

王鼎死后得到厚葬，也算是"哀荣"罢。道光帝为之题匾，也还说得过去。而王鼎的墓志铭，却由穆彰阿撰写，撰文里彻底勾销了"尸谏"的关键性的记述。历史吊诡，颠倒忠奸成败，混淆是非曲直，这对腐朽没落的封建古国是一个刻骨的讽刺。

香港回归，标志着中国人民洗雪了百年国耻。由此前推一个花甲，倘是没有掀天揭地的西安事变，一个危在眉睫的"东亚病夫"，为着"攘外必先安内"而依然争斗、内耗不已，这个民族还能站立起来吗？

西安事变是张学良、杨虎城发动的，而提出"兵谏"的第一人，是杨虎城将军。事变之后，杨虎城被蒋介石放洋于外，他本可以全身自保，但作为国民党里首倡抗日的高级将领，硬是为了抗日才主动回国的。一踏上国土，便落入了国民党所设置的陷阱。2009年9月，忠忱爱国的杨虎城被评为100位"为新中国成立做出突出贡献的英雄模范人物"之一，天日昭昭，顺情合理。

国逢大劫，御侮之事纠缠最烈。王鼎1842年自缢，杨虎城1949年被害，彼此相隔107年的跨度，这期间，鸦片战争在先，炮火自南北上，西安事变嗣后，华清池弹雨飞爆。前后二谏，目标是一致的：尸谏，针对着沉霾不散的封建阴魂；兵谏，针对着难以治愈的内耗痼疾。中华民族为站立于世界民族之林，倾注全力，实在也竭尽了心血。

"我们从古以来，就有埋头苦干的人，有拼命硬干的人，有为民请命的人，有舍身求法的人……这就是中国的脊梁。"（鲁迅语）在多灾多难的中华大地上，所谓的"脊梁"，担当至重。王鼎是林则徐强韧有力的后盾，"尸谏"收局，是万般无奈而含恨自裁；张杨二位将军"朝天上戳窟窿"时，无异于补天女娲挺起的左右两膀，由于"兵谏"，张学良被囚54载，杨虎城付出了一家四口惨遭杀害的代价。一腔腔热血，为国为民，世界上还有比他们更为惨痛的遭遇吗？

从王鼎尸谏到杨虎城之兵谏，这两柱蒲城籍的民族脊梁，距今并不遥远，仔细检视，可以知悉，中华民族前行的步伐是多么沉重，何等艰难。

溪口百年事

清清剡溪水自四明山那个青幽幽的山口流出，便是窄窄矮矮的溪口镇。一百年前（1887），中国近代史上一个重要人物蒋介石降生于此，这个缘溪铺排的不起眼的小镇，也就越来越有了名气。

老蒋志在天下，其生命的根系却死死抠紧着这座小镇。每逢受挫下野，或者清明扫墓，他都要还乡小住，上演非同一般的"衣锦还乡"。

张学良与蒋介石政见上水火难容，便演出了举世震惊的一幕——西安事变。蒋介石从临潼落荒逃命，在华清池翻墙时跌伤了腰椎，便回溪口养伤，套个钢架背心，就半躺在他母亲的墓道里。墓道距小镇3里地，在白岩山鱼鳞岙的中垄，青松封裹，静谧之极。掠过山脚下的石雕牌楼，沿着山道朝西北方向斜上12里，便是天下禅宗十刹之一的雪窦寺，全名为"雪窦资圣禅寺"。

张学良在西安扣住老蒋，要他更改"攘外必先安内"的"窝里斗"的国策，一回南京，老蒋突然翻回铁腕，对护送他回京的张学良判刑十载，要他承受迫胁上官、谋图不轨的犯上罪行。元戎恩威，领袖尊严，昭告于世之后，他随即就像老狼一样钻进墓道松林里自舔伤口，并将张学良押解到自己身边，囚禁于雪窦寺旁的小屋里，强迫他闭门思过。仿佛孙悟空与二郎神斗法似的，从西北一家伙翻搅到东南，双方按下云头，权且静下来了。此时此地的老蒋其人：母亲坟前独卧，回想西安生涯；四围似乎清静，祠里有个冤家。

张学良是1937年1月13日被押上雪窦山的，大前天，数千里外的陕北，毛泽东他们离开保安，进驻延安城，这可真是：蒋张归雪窦，红旗进延安；国共重携手，日寇心胆寒。

不管历史的戏剧如何乌烟瘴气，雪窦寺的景致却一直是清丽迷人的。寺院坐落在万山绝顶那块百余顷的小平原上，四近九峰环峙：玄珠峰、天马峰、象鼻峰、五雷峰、石笋峰……薄绿淡蓝，云缠雾绕，一峰比一峰俏丽。最突兀的那一座叫乳峰，腰际一石洞，泉水自洞中喷涌而出，色同雪乳，所以整个山就叫雪窦山。小平原收拢来诸峰流水，稍事积蓄，便要魔术似的在寺门正南不远处突然泼洒开一帘大瀑布，这便是名驰浙东的千丈岩瀑布。早在宋代，王安石对此便有诗为赞："拔地万重青嶂立，悬空千丈素流分；共看玉女机丝挂，映日还成五色文。"

但绝美、壮丽的瀑布，亦未必就能冲刷撼动张学良胸中郁结凝重的块垒。突然从戎马、闹市、兵戈、电文中被剔了出来，放进这个云雾流水、老松古寺的僻静深山，耳畔急促的电话铃声一下子换成了肃穆清缓的木鱼晚钟之音，这个心雄万夫、敢于朝天上戳窟窿的年轻将军会是怎样一种心绪呢？志士仁人自有千古同叹，骚人墨客当可华章万千吧。只听说，他没心赏景，更没心读老蒋布置下的四书五经。在山寺前那两株四条壮汉也合抱不拢的白果树下，却时时可见张将军伫立不动的魁梧身影。背寺面南，总是在凝望寺前那"含珠林"。

这是两道潺潺溪水从左右两侧绕合的圆形土岗，溪水像两条龙，岗上是郁郁青松,青翠得像一颗宝珠,"双龙夺珠",于是叫含珠林。《雪窦寺志》记载:松岗下埋的是"冲天大将军"黄巢。一般史书认为黄巢被杀死在泰山的虎狼谷,野史则说那被杀者是个冒名顶替的假黄巢,真黄巢长驱远走,辗转到雪窦山埋名隐姓,削发为僧,"铁衣着尽着僧衣"了。山那边的驻岭村、小晦岭、大晦岭,据说都是黄巢当年遗下的名儿。

往事越千年。巧合的是两位英雄都曾在古都长安摇撼得日月晃荡,天地战栗。可眼下,躺在墓道里的蒋介石是一面舔伤,一面默默算计着张学良,张学良面对这座饮恨千秋却终古冷寂的黄巢墓,该想到些什么呢?他大概是忧烦至极,便缘着那汇合后的溪水走到千丈岩边,把和尚们端上来的半尺长的"天地响"雷子炮捏在手里点燃之后,朝那瀑布绽开处奋力地扔过去,凉森森的水雾雪浪中爆开一团团硕大耀眼的金色花朵,炸裂开来的仿佛是壮志难遂的郁郁胆气,宣泄下去的仿佛是英雄失路的重重遗恨……今日的游客揣摩当初日本侵略者踩躏中国土地的危难时节中这发自深山古庙前的奇异音响,兴许会联想到李贺的诗句:"女娲炼石补天处,石破天惊逗秋雨。"

雪窦寺山门上有一块"四明第一山"的竖匾,那是蒋介石的手笔。蒋母王采玉和蒋的前妻毛福梅常常上山来拜佛诵经。蒋介石三次下野,也曾来古寺求签问卜。这样的禅宗名刹,自有它义理精微的宗教故事。据说唐代寺内有个小和尚,每当清晨听见院内蚯蚓叫便须起床做课。山寺无鸡,蚯蚓比鸡叫还早。日子一长,贪睡的小和尚嫉恨蚯蚓,便烧下一壶开水决心烫死它。方丈发觉了大为震怒,立命小和尚跳下千丈岩舍身赎罪。小和尚面对瀑布号啕失声不敢下跳。碰巧东岙村一个屠夫回家路过,盘问之后,跺脚长叹:"我杀过3000头猪了,你一条蚯蚓还没我一根猪尾巴长,该我先跳。"说罢扔下杀猪挑子,一纵身跳了下去。突然间天地放亮,香风拂拂,闪闪金光里鼓乐齐鸣,只见那屠夫身骑白鹤徐徐升天。原来是天庭怜悯小和尚苦苦修炼，特来接他，不料想却被杀猪的捷足先登了。这就是盛传天下的"放下屠刀，立地成佛"的故事。不管蒋母、蒋妻拜佛时怎样虔诚，而蒋介石对这佛门真谛却别有参悟："屠夫也可登仙，胆大天下去得！"所以老蒋一边杀人如麻，一边高唱领袖第一、领袖至上。

西安事变过去83年了，风起云涌，世途变幻，溪口镇现在又红火起来。从沪、杭、甬赶来的豪华旅游车，拉的尽是外宾和港澳同胞，日本游客最伙。他们饶有兴味地对着剡溪清流里的鸬鹚小舟拍照，闻说"法轮常转"的雪窦寺要重修，又纷纷解囊捐助。蒋母之墓那里更其热闹。旅人在镇上一下汽车，立即有撑着篷布的三轮摩托迎将上来，车主持一板写有"车站至墓道"的硬壳纸，争争抢抢扯着游客上车。闹不清原委的游客看那招牌，直以为要送活人进冥司，会觉得很不吉祥。上得墓庐，在蒋母墓前照相留影的红男绿女就更多了。蒋母生下这样个儿子，真是光荣了。

天上地下，仙凡两界，许多事理原本就说不清楚。溪口镇是四明山麓的著名古镇，镇东有小山武岭头横阻路口，上筑城阙式的武岭门，岭头岩脚向南伸入剡溪，突兀水中，岩上的巨樟古柏裹着半腰里重檐赭柱的"乐亭"（这是老蒋1924年拆除原有的文昌阁改建的），映进澄碧的溪流，幻境如梦，确是美妙。岩角东南水滨有一座式样别致的小别墅，别墅角上竖一石碑，上书"以血还血"四个大字，那是蒋经国先生愤怒的手笔。1939年侵华日机轰炸溪口，炸死了诵经拜佛的毛福梅，蒋经国恸而书此。老蒋后来之所以能转戈御侮，恐怕与他妻子罹难多多少少是有关涉的。在毛福梅身上，这个"报应"的复杂含义，绝非芸芸众生所能尽知。

镇西倚龟山而面剡溪，坐落着正待复兴的武岭公园。树林荫荫，亭榭隐约，那地势是总扼了溪山秀色的。有人传说这个园林曾经是蒋夫人宋美龄回溪口时掏钱打下的根基。小雨初霁，我们从栅栏门外经过时，公园对面一户人家正在台阶前剥一条擀面杖粗的黑蛇，一个五六岁的童儿双手倒背，稳稳踩踏住蛇尾，小大人似的看那蛇头被其兄扯而剥之，蛇身还时时耸动，有所挣扎。这条毒虫，十有八九是从这废圯的公园里捉出来的。

千秋万岁，真善美与假恶丑纠缠不已，胜负难分。佛门的"因果报应"，含义深邃复杂，有谁能扼要透彻地理个明白呢？

雪窦山是名山，剡溪水是清水，山水不管人间事，我却从这山山水水间依稀看到了历史老人严峻、慈祥的面影：

那清凌凌的剡溪水，它自乳峰山洞中酿出，绕过雪窦寺、黄巢墓，从千丈岩跃身之际又摄取了张将军洒下的"天地响"的明灿灿的火花，嗣后才静悄悄地流过蒋母墓庐，流过武岭公园，流过镇中街出生蒋介石的那个玉泰盐铺。说是无意，却似有意，这才仿佛在四明山里完了某种使命似的缓缓然趸出溪口镇，一路上抖动着清湛湛的波痕，径投东海而去……

杨柳依依

"灞桥烟柳"属长安八景之一,入诗入画,驰誉天下。韩愈留在此地的诗句是"草色遥看近却无"。从上中学开始,我的笔底常常误写成"柳色遥看近却无"。虽是笔误,倒也是切合实际:早春远眺,柳色鹅黄,就近细看,实在分辨不出是什么颜色。

灞桥最迷人的季节是"灞柳风雪扑满面",茸毛状的柳籽又称柳绵,柳绵驾着淡淡的轻风到处飘荡,酷似雪花漫天飞舞。"春魂已作天涯絮",这起伏扑荡的"风雪",实际上是对经冬入春而复活繁衍的杨柳生命进行着形象化的演示。江南、塞北、昆仑、东海,柳绵落在哪里,就在哪里生根发芽。

"春风杨柳塞北",内蒙古与陕北一线的杨柳被称作"椽柳",一株大树的顶端一次可以斫取百余根笔直匀溜、轻韧耐用的柳椽,牧民迁徙流动的帐篷凭此支撑,仿佛隐伏于甲帐里的傲视风雪的一干干长枪剑戟。

黄河北上穿越朔方大漠时,宁夏青铜峡上下有古代开凿的秦渠、汉渠、唐徕渠,渠岸旁之古柳粗于碾盘(后继的新柳也难以合抱),它们一对一对从两岸将颀长的柳丝儿低垂于渠面，戏水拂风，粗巍虬盘的柳干怀有塞北气韵，倩姿袅娜的丝条间莺燕穿梭，一派古香古色的江南风致，这是名副其实的"塞上江南"巨型图。

左宗棠于光绪元年（1875）征讨入侵新疆的阿古柏军队，长途远征，命令部队利用作战间隙沿途植柳，以便于旅进旅退时标示行军路线。漫漫西征路上，仅从陕西长武起至甘肃会宁止，成活的柳树即有264000多棵。光绪五年（1879），即将继任陕甘总督的杨昌浚应肃州大营的左宗棠之约，越陇西行，见道旁行行柳树，不胜感慨，遂即景赋诗："大将筹边尚未还，湖湘子弟满天山。新栽杨柳三千里，引得春风度玉关。"为征途上"夹道种柳，连续数千里，绿如帷幄"的景致谱下了形象生动的一曲绝唱。今人西行，指称遗留的参天古柳为"左公柳"。左宗棠率领着骁勇的湖湘子弟兵早已远去，苍劲雄伟的"左公柳"依旧昂然地挺立于西北大地，这不叫"名垂青史"么！

左宗棠是武将，白居易、苏东坡乃文人。文武之道，也传递于柳。

杭州西湖有白堤、苏堤，这是白居易、苏东坡的另一笔得意之作。朝朝暮暮，长堤上引人注目者并非杨柳，而礼赞西湖的名句是山色如蛾、花光如颊、温风如酒、波纹如绫，"由断桥至苏堤一带，绿烟红雾，弥漫20余里"，"绿烟"二字，却是挟裹着以"不斗秾华不占红"的杨柳为底衬、做背景。更有那与二堤隔水遥望的"柳浪闻莺"，穿梭的莺儿在旖旎柳浪里鸣啭得自由自在，鸣啭之音致使那遥相对映的桃、李、梅、荷在拍水长堤上益发展绽得尽兴尽致……游西湖者，倘若忽略了俯水以挽小舟的杨柳，当是一个悔也无及的遗憾。

松之亲山，柳之爱水，属于天然物性。有史以来，与天空皎月相望，同地上杨柳结缘，已渐渐成为中国文学传统性的思维定势。"柳垂江上影"之外，南国水乡还有"好柳浪里行"之说，这里大抵有两层意思：

一是以柳造船，受磨耐泡，远航难朽；二是杨柳"不插自生芽，浮起先吊根"。1998年长江发洪，沿岸之柳被淹齐到哪里，紫红色的毛须细根就从哪里密麻麻地向水而生，逆浪挥旗帜，固堤护坝，与恶浪顽强搏斗。

而今闹市扩容，繁华遽增，"柳暗花明又一村"及"杨柳岸晓风残月"的景象很稀罕了，旧城郭的杨柳后裔全都悄悄地踅进公园里去了（因为此地尚存水月）。临街的肉案上只见厚厚的圆形柳墩，手执锃锃利刃的屠手剁肉砍骨于墩上，柳墩很少脱沫掉渣，鲜肉翻来覆去、洁净如洗，有顾客问道：这柳墩偶尔脱渣掉沫怎么办？屠手笑曰："《本草纲目》上写着柳屑可以入药，吃下去对你是大有好处的噢！"顾客哈哈大笑，赞道："想不到你老兄还有这么大的学问……"

我家祖辈是灞桥人，窃以为，倘有好事者为生命力旺盛且又裨益于人类的树木排列座次，杨柳很可能坐上第一把交椅。

长期与文字打交道，愈到晚年，愈觉得汉字通神。

"杨柳依依"，这是我国最早的诗集《诗经》里的佳句。"依依"二字，恰巧是16画，袅袅兮青青，正像妙龄少女情深义重——她东西南北，铺天盖地，无限依恋这个世界上所有美好、善良的生命，甘愿以激活人类、造福大地为己任，这或许正是杨柳的生命真谛。

第二辑　润物细无声

旷达

厚墩墩一部《辞海》，对旷达的解释很简单：放任达观。

衣食住行、生老病死、功名利禄、家国大事，人一生太忙，营营中顾不得什么旷达不旷达，实在烦得要死，朋友来疏导几句："想开些，混一天算一天，人又结不到世上。"也就算是向着旷达进行努力了。显然，旷达是多数人不很留神、也不易进入的一层精神境界，历来只有文人蜂儿采蜜那样喜欢纠缠。工具书不多解释，也合乎情理。

怎样的人是天下最旷达的人呢？

如果认为和尚、尼姑、道士、道姑窥破红尘，心如古井，是旷达的楷模，那就错了。他们正是为俗所累，畏怯人生烦恼才躲出世外的。缩进僻静崖角的企鹅，隐藏于港湾里的小船，怎能算旷达呢？

也有人视醉生梦死、纵适一时为旷达。现代化的年轻人得乐且乐、放荡不羁，街上时见醉醺醺的酒鬼滚地作呕、哭哭笑笑、痰涕沾衣、肮脏奇臭，使行者纷纷掩鼻。这种生死不明、是非含混的昏头，与旷达何涉？旷达是既定的精神范畴，有严格的文化分野，与旁门左道是两码事。

旷达珍贵，是因为其间含有相当的野气。"何当摆俗累，浩荡乘沧溟"（杜甫）；"九江秀色可揽结，吾将此地巢云松"（李白）；"尘世难逢开口笑，菊花须插满头归"（杜牧）；"水枕能令山俯仰，风船解与月徘徊"（苏轼）；"酒酣喝月使倒行"（李贺）；"笑拍洪崖，问千丈、翠岩谁削？"（辛弃疾）……宇宙天地空阔开朗，历时长远，与旷达有相通之处，文人亲近它，攫得些大自然的旨意，引野气以入诗文，返璞归真，活力勃然，所成诗文易臻于妙境。

政治家、军事家马背上角逐日月，刀火里锻炼成败，自然而然襟怀云水，旷达气质似乎更高出一筹。"大风起兮云飞扬，威加海内兮归故乡，安得猛士兮守四方"（刘邦）；"秋风萧瑟，洪波涌起；日月之行，若出其中；星汉灿烂，若出其里"（曹操）；"三十功名尘与土，八千里路云和月"（岳飞）；"先天下之忧而忧，后天下之乐而乐"（范仲淹）；"苍山如海，残阳如血"（毛泽东）……这是别一种旷达，丰沛的野气里熔铸着人生种种，独特的感情火炬在历史风云中起伏明灭，形成文人们可望而不可即的旷达层次。俗常庸夫，更无从望其项背。

旷达精神在人生紧要关口的表现方式常常是豪爽、勇迈。非旷达而硬充旷达，不豪迈而强作豪迈，那是很可笑、可怜的。"文革"中有人大喊不止。当时声浪汹汹，现在看来，与无知小儿来一通胡乱喊叫有多少区别呢？是时光的波浪，淘尽了尘俗与浮嚣。

雾失楼台，月迷津渡。那时节，有一位妇孺皆知的理论家陈伯达，炮制大块的理论文章，自一而九，抨击邻邦及本土的"修正主义"。每成一文，声播全国，山摇地动，草木偃伏。晚年塌了台，他身陷囹圄，当预感到来日不多时，提出要组织上开恩，放他下到偏僻山乡去教娃娃们念书认字，终老残年。这时才想起叶落归根之念，惜已晚矣。回首得势之时，红得发紫、吞吐日月的形象，只是自我膨胀了的、就势腾达于空际的一个肥皂泡，足可证明虚假的旷达沾染在文人身上，易与癫狂为邻；政治上的伪君子佯为豪迈，到头来总是笑柄。

相比较之下，视死如归的革命英烈才是人世间真正的旷达之士。吉鸿昌临刑前，用树枝在雪地上从容写道："恨不抗日死，留作今日羞；国破尚如此，我何惜此头！"手执大义之旗，打破了生死迷关，这才是漫无涯际的旷达汪洋里沉淀下来的光芒四射的一块真金子。人啊！很容易被虚荣的彩色气球拽离自己所赖以立身的土地了。

仿佛是西天真有个极乐世界似的，历来的旷达境界也只容许少数人涉足。这个少数，即凤毛麟角是也。

年轻辈姑且不论，就是许多老年人，终于也跨不进旷达之门槛。有的老干部在位之日，被人前呼后拥，炙手可热，谁个见了都颔首微笑，亲昵之至。一旦交权离位，回家来门可罗雀，外出则如入陌途，连以往的大熟人也一下子"相见不相识"了。于是，这老同志就心情沉郁，睡觉、生病、住院，容颜日见衰颓，须发急遽斑白，还真应了"政治是灵魂"的五字诀了，好像一下子散落了三魂七魄。今人眼中只认权，固然可恶，而老同志这样个迷失了本性的心胸，也就很不旷达。

有几位挺好的老同志，离休后不愿进住干休所。干休所老人群居，昨日给那个开追悼会，明天送这个去火葬场，哀乐阵阵，恸哭时起，动不动就是"告别仪式"，所告别的往往又是低头不见抬头见的"我有迷魂招不得"的熟人。这对桑榆晚景的老者来说，无疑是些纠缠在身边的阴影。"居移体，养移气"，我不能说这些老同志就不旷达，但它可以证明，旷达精神与所处环境及个人体魄是息息相关的，而不是孤立的。

旷达精神对事业、对人生有益，对提高民族文化素质有利，这是不言而喻的。旷达不是天生的，失败挫折、人生磨难往往倒砌成了进入旷达境界的垫脚石。不怕困苦的人，读书渐多，阅历日深，视野逐层扩张，脚步又坚韧有力,这样的强者,眼前渐渐会升起旷达境界的曙光,"为霞尚满天"那样瑰丽的曙光。

"黎明即起,洒扫庭除",东天破晓时的自然曙光可以期待,而精神境界里"旷达"的曙光则是永远也等不来的。人活一口气,此气可通天,我们只有大步朝前!

《思辨散文选》,百花文艺出版社,1991年1月

直面人生

　　望着鲁迅横眉冷对的那帧遗照，我疑心"直面人生"作为新生词语，或许正是鲁迅先生发明的。时至今日，这四个字不但没有过时，反而在社会生活里显得更为紧要。

　　马鞍山市的街头，歹徒公然抢钱，年近古稀的退休干部田继荣一声怒吼，冲上前揪住歹徒，围观人群迅速由50余人增加到200多人，老人再三向围观人群呼喊求援，始终无人应答。

　　成都市一男子以死相逼索讨血汗工钱，爬上酒店顶楼准备下跳，路人聚而围观，竟然自动组成"啦啦队"，对着楼顶齐声呐喊："一、二、三——跳嘛！"

　　衡水市一女孩如厕时被强奸，受害时间长达20多分钟，现场围观者40余人，竟无一人出手制止。

　　定西市堡子乡，村民侯某仗着酒劲闯入卢某家，对其妻、女进行强奸；在卢某报警的当晚，侯某又报复性地强奸卢母、妻、女祖孙三代，卢某之子在暴行实施时向200多户村民求救，大多关门谢绝……

从城市到乡村，从南方到北方，鲁迅先生所沉痛责备过的病态的"看客现象"为什么如此严重呢？简直有点病入膏肓的意味了。

直面人生，说穿了就是直面邪恶。《动物趣闻》里有这样一条记载：一群牦牛在荒野中寻觅青草，突然，几只觅食的狼出现在不远处，牦牛们纷纷抬头向狼望去，领头的牦牛冷静地站在原地，丝毫没有逃离的意思，其他牦牛学它的样儿，也抬头站立，原地不动，几只狼在牛群边虎视眈眈地踅摸、转悠了好一阵，最后见找不到下口缝隙，只好怏怏地走开了。面对惯于弱肉强食的邪恶，繁华闹市里众多衣冠楚楚的看客，怎么竟不如荒野上一群食草的牦牛呢？

天地有正气，主脉赋人间。对于社会而言，真正可怕的是冷漠。看客是冷漠的化身，众多冷漠的目光，无异于冷森森的冰屑。生活里这么多不敢直面人生的看客，全都是被阉割了正气的软蛋么？这样的提问是有失偏颇，但将其目之为不敢发出"一声怒吼"的懦弱之辈、苟且之徒，这才致成正不压邪的病态现象，大抵是不错的。

《天津老年时报》（今《中老年时报》）去年12月刊登了记者晓平采访一个抢劫团伙的头目（该团伙已被警方打掉）的文章，文中记者问，头目答：

"你通常都是向哪些人下手呢？"

"那些低着头走路，看见我时似乎有点害怕的人，是最好下手的对象。"

"据说，你多次在人来人往的大街上抢劫，难道你不害怕吗？"

"怕？再多的人，如果都是看客，你会怕吗！"

"如果有人出来制止，你会怕吗？"

"这就要看他敢不敢抬起头来同我说话。"

这"敢不敢抬起头来"，仿佛正是敢不敢"直面人生"的绝妙注脚。

天津距清朝那个纪晓岚的家乡不甚远，上述对话，忽然让我想到纪晓岚"小时闻巨盗李金梁"说的话了："凡夜至人家，闻声而嗽者，怯也，可攻也；闻声而启户以待者，怯而示勇也，亦可攻也；寂然无声，莫测动静，此必劲敌，攻之十恒七八败，当量力进退矣。"

人间正气指正直的气节，与勇敢顽强精神属于天然的统一体，这又决定了正气在襟者往往是敢作敢为者。可惜，古往今来，这样的人实不多见。"正邪自古同冰炭"，忖度实质，邪恶在正气面前只能是虚浮的、脆弱的。正气在身者倘是像火气蕴含在炭块里那样，炭块一旦燃红生热，邪恶之冰立即会瓦解崩溃。巨盗惧劲敌，邪恶畏正气，正可镇邪，邪不压正，这是古今一辙不争的事实。然而社会上仍难免反复出现"看客现象"，问题在哪里呢？

实际生活中，本人以为做个善良的人易，而善良人要认识正气、涵养正气，却并不那么容易。由历史上、社会上敢于抬起头来"一声怒吼"而"直面人生"的人并不多见，即可推知，做一个正气之人会有多么艰难！

艰难归艰难，不管多难，我们也要学习做一个正气在身的人。

淡泊中的真味

　　人的嗜欲与生俱来，就像婴儿降生时疏疏淡淡的乳毛那样，在成长的途中日渐浓密。

　　年轻人血气旺盛，"嗜欲无限，动静不节"，既带来愉悦，同时也造成焦虑，有限的愉悦，常常勾起无限的烦恼。"天道谁无烦恼，风来浪也白头"，索性称这从娘胎里带来的头发为"烦恼丝"，为了限制、稀释、剪灭这纠缠难解的烦恼，有人干脆咬牙割断一把烦恼丝，躲入深山为僧为尼，自我禁锢，自甘岑寂，主动杜绝世俗的诸种刺激和诱惑。天下梵刹寺庙历久不衰，壮观巍峨，可谓建筑在荒远僻静处的一座座古老城堡。

　　嗜欲五花八门，烦恼丝是一大把。在漫长的历史长河中，古人把最难剔除的嗜欲归纳为三桩：财、色、权。

　　富贵之马驮起它的主子如入无人之境，用钱财这把钥匙几乎可以神奇地捅开俗世间一切暗道机关。"人为财死，鸟为食亡"，在许多人心目中便成了天经地义的处世哲学。

　　嗜色。溺乎其中者，魂为之销，魄为之夺。赌场上有一种骨磨的赌具，名曰"色子"。嗜色之徒作为潜入"爱河"的一个魔鬼，总是不计后果地从事冒险性的另一种"赌博"。

旧官场更是一座高深莫测的大型迷宫，有多少聪明正直者步入其中，随着青云直上，难免变易平常心，乱了步调，失却常态，终于是惑溺其间。"出舆入辇，命曰瘚痿之机；洞房清宫，命曰寒热之媒；皓齿蛾眉，命曰伐性之斧；甘脆肥浓，命曰腐肠之药"（枚乘《七发》）。被财、色、权这三副枷锁死死套定了的人，满眼的锦绣无边，笙乐盈耳，美女成阵，窃以为神仙生涯不过尔尔，直至收局之日，他们不能不付出自己。仕途之惑人心窍，灭人理智，尚未见出其右者。

至于现代的芸芸众生，怎样才能摆脱嗜欲所招致的诸多烦恼呢？方法非常简单：安于平淡而已。

与其说平安是福，不如说平淡是福。不胡乱攀比，不奔竞征逐，不自视清高，不得陇望蜀，逢事不躁，处变不慌，毁誉不计，宠辱不惊。能有个冲淡平和的心境，即属安于平淡。

俭素、宁静与淡泊是连襟姊妹，一个人嗜欲愈浅，精神上愈能洒脱自如，襟怀里便愈能容纳各式各样的天光云彩。淡泊是成熟的最高象征。秋云、秋月、秋水、秋菊，构成天高气爽、七彩斑斓的淡泊意境。"却嫌脂粉污颜色，淡扫蛾眉朝至尊"，弃绝浮艳，淡雅为神，这浓后之淡几近于云褪之月，是一种取法自然的娴静艺术。

人际关系上的淡泊迥异于寡情薄义，小康人家的知足自诩与淡泊无缘，士大夫式的闲逸无聊更不是淡泊。唯有久历风尘、熬出嗜欲的有识之士，才可能理解什么是真正的淡泊。

庄子的"君子之交淡如水"，白居易的"淡水交情老始知"，鲁迅的"扫除腻粉呈风骨，褪却红衣学淡妆"，处淡泊以养志，取淡泊而扶真，反复提示着淡泊中有真味，淡泊中寓醇美。

"天清江月白,心静海鸥知",雨霁碧空是最清明的天地,大味必淡之"淡泊",是最悦目的视野,最雅洁的境界。

《中国最美的生活散文》,湖南人民出版社,2013年7月

智慧胜于珍珠

社会上有的是聪明人，但称得上智慧者的，却是吉光片羽。

常人眼里，聪明人指的是得风气之先者，其间又有大、小之别。交通路口抢着闯红灯者，排队之处试图加塞者，子女入学、医院看病力图用金钱开道者，见缝插针，投机取巧，俱属于小聪明。大聪明则不然，经过认真比较之后，在大事上见地深刻，例如，透过金钱、女色、官位上的花团锦簇，红火热闹，知道其背后往往潜伏着不测与危险，这就是一种大聪明。

大聪明固然高于小聪明，可与智慧相比，仍然是两码事。

"说金钱是罪恶，都在捞；说女色是祸水，都想要；说高处不胜寒，都在爬；说天堂最美好，都不去"。这样的世态人情延续了数千年，似乎也并不违背对立统一的生活规程，可这一连串四个"都"字，却清晰地挑明了聪明与智慧之间的严格界限。聪明人虽然在这类大关节上深有所悟，实践中却身不由己，无论如何也控制不住自己的欲望，只好进入"都"字的行列。也正因为聪明与智慧不是一个层面，生活中"聪明反被聪明误"的现象,时或可见。

有人会问,而今市场经济,那些能挣大钱的腰缠万贯者,难道不能归入智慧者之列?眼下城市畸形发展,空气逐日恶劣,而富人大腕们纷纷以金钱开道,想方设法地入住大城市,挤得房价居高难下。富人们在市场上智商不低,可他们这种群体性的趋向,分明与"智慧"又拉开距离了。鲁迅早就认为,众多的聪明人不能支持这个世界。财壮气粗的富豪大腕们,充其量也只是聪明人而已。

词典解释,智慧就是辨析判断、发明创造之类的能力。依此类推,我们的科学院自应是智慧者荟萃之所了。然而举世公认的杂交水稻之父袁隆平,四次推荐才成为中国工程院院士。这是怎么回事?

有人认为美德也是一种人生智慧,甚至说拥有美德,也就拥有了智慧。我觉得二者有联系,却难以画等号。美德是做人处世的基本道德,是智慧的基础。我以为,不计得失地埋头苦干,襟怀天下而奉献社会,几十年如一日,淡泊名利,愈挫愈奋一如袁隆平者,才不愧是一个纯粹的有智慧的人。人说袁隆平始终像个老农民,怎么也看不出有什么过人之处。只有以美德为底衬的智者,才能以默无声息的质朴形象出现于生活之中,俗谓"大智若愚"。

蚌病成珠,智慧的珍珠不可能是天生的。每个人的生命智慧,许多是从跌倒、挫折中逐渐获取的。

且看小人

天网恢恢，漏掉的却常常是小人。西周时代，视被统治者为小人；地位卑微者，在显贵面前又自谦为小人；《山海经》里，则称形体短小者为小人……这虚设的一道道人事屏障、一层层历史帷幕，恰恰让地地道道的势利小人钻了空子，像泥鳅在浑水里钻来绕去一样。

小人着隐身衣，穿迷彩服，伺隙而动，就势发作，群起而汹涌，像恶浪浊流一样冲击着礁石式的孤立君子。"落井下石"，"鼓破乱人捶，墙倒众手推"，这"下石"者，这"乱人""众手"里，杂有大批的小人。瞒天过海，兴风作浪，以"群众"面目出现，最善于隐匿其身，为小人之绝技。

"防人之心不可无"，十有九成是谨防小人的。小人才是无孔不入、渗透力非凡的"祸水"。君子倒霉，君子落井，往往是栽在小人手里。

有学者说："小人最隐私的土壤，其实在我们每个人的内心。"与此对应的是，小人所赖以攀缘、窜动的缆索与阶梯，更多的是悬吊在、支架在政坛左右。小人从政，如蝇横射，如蚊飘飞，横射、飘飞而得意者，便是到位的小人。

恶人以小人为羽箭，足以射杀君子。而君子误以小人作利刃，临终总难免伤自己的手。小人张开网罗，君子更容易上当受骗；从君子的手里，小人收获颇丰。

司马光将古时的官员分为四类："才德全尽谓之圣人，才德俱亡谓之愚人，德胜才谓之君子，才胜德谓之小人"；"凡取人之术，苟不得圣人、君子而与之，与其得小人，不若得愚人"。他已经看出，小人奸猾，以势利二字为唯一取向，工于心术，长于计谋，攫利为己，成人之恶。细细推究小人的生存之道，便是透迤于正邪之交的一条工巧透顶、艺术之极的蛇行线。

战士举起投枪，如入无人之阵。这阵势，并非强劲敌手精于兵法，娴熟战术，却常常是大批的成群的小人以本能本色所布下的迷魂阵。鲁迅晚年，不得不"横站"对敌，这"横站"之身，何尝是对准了真凶大恶？这分明是内耗的姿势、难熬的象征。

鲁迅病故于西安事变的前夕。在他病故之先，杨虎城在西安城里私下说过这样的话："文人对国事说长道短，指斥责骂，蒋介石只是睁一只眼，闭一只眼；而我辈武人，是一句二话也说不成的。"蒋介石似乎心中有数：那无人之阵，便足以牵制住所谓的"如椽巨笔"，用不着他委员长从政坛发号施令，大动干戈。

横站对阵，最后作战的鲁迅何其悲哀！

小人有自己的特征：事事为己，处处势利，时刻在预备着背叛。其伎足以强化、激化好人与坏人之间的矛盾冲突，如火上泼油，似吹火邪风。

"堡垒最容易从内部攻破"，这堡垒里无疑是藏有小人。小人是堡垒里隐藏着的蛀虫。

双方交锋，胜负揭晓，水落石出之"石"，常常是小人——小人是最后一个揭去伪饰的、未伤一根毫毛却捞取了最大实惠的人物。小人，仅仅用才德尺度衡量，简单了些。他们是历史轮轴上纠缠着的乱麻、长发，是古陶酱缸里最黏稠、最难闻的佐料，是一切有识志士望而踌躇的顽敌、劲旅。

聚蚊成雷，小人之声也；织蝇成毡，小人之阵也。小人伙，国势衰，小人活跃，天地混沌。

辨识小人，斯世尚无良方；医治小人，斯世尚无良策；扫荡小人，斯世尚无良将。

小人着实糟糕，对垒的双方皆不愿染指，这是明确了小人本相之后的共同心态。与小人相处，与小人相交，与小人相斗，谁都觉得降了人格，低了身价。

世上麻烦恼人事，莫过于与小人纠缠。"小人"，两个字合起来才五划，仓颉造字时，大概也烦此小人，精简了又精简，不愿意多附上一二笔迹。

大地上有多少沙子，人世间便有多少小人；沙漠扼杀大自然的生机，小人趁风掀起的沙尘暴，足以使任何一个伟大的民族滞后、堕落。人间行路难，在大漠里行进尤其艰难。

壮举的悲哀

2004年2月10日的《家庭与生活报》上有一则600字的新闻：

在某地，一位女司机开着一辆满载乘客的长途客车行驶在盘山公路上。突然，三名持枪的歹徒盯上了年轻漂亮的女司机，强迫长途客车停下，要带司机下去"玩玩"。司机情急呼救，全车乘客噤若寒蝉。只有一个形销骨立、中年瘦弱的男人应声而起，却被歹徒打倒在地，男子奋起大呼全车人见义勇为，制止暴行，却无人响应。司机被拖至山林草地……尔后，三名歹徒和衣衫不整的司机归来。

客车又将前行，司机要被打得流血的瘦弱男子下车，男子不肯。"喂，你下车吧，我的车不拉你这种人！"中年男人急了，说："你这人怎么这样不讲理，我想救你还有错吗？""你救我，你救我什么了？"司机矢口否认。中年男子脸涨得通红，坚持不下车。司机面无表情地说："你不下车，我就不开！"

没想到的是，满车刚才还对暴行熟视无睹的乘客们，却齐心协力动员中年男子下车。有位膀大身宽的乘客，甚至走上前来，拖住中年男子下车。一场无谓的争吵，直到那位中年男子的行李被从车窗扔出，他随之无可奈何地被推挤而下……

客车快到山顶，转弯回去就要下山了，客车右侧是万丈悬崖。长途客车悄悄地加速，女司机脸上异样平静，双手紧握方向盘，眼里淌出晶莹的泪水。车速越来越快。歹徒冲上去抢夺方向盘，汽车却像离弦的箭朝悬崖下冲去……

第二天，当地报纸报道："伏虎山区昨日发生重大车祸，一长途客车摔下山崖，车上司机和三十名乘客无一人生还……"半路被赶下车的中年男子看到报纸，禁不住失声痛哭，谁也闹不清他哭什么，为什么哭。

女司机驾驶长途客车，只能是21世纪才会出现在中国土地上的事情。刚解放时，甘肃的省会兰州只有一辆公共汽车，时有故障，乘客得下来一块儿推车，行进发动。女司机驾驶长途客车的事，谁也不敢设想。这篇报道说明，半个世纪以来，中国大地确实是发生了天翻地覆的变化，各个方面都有了长足的发展。"发展才是硬道理"，这是事实。

社会发展了，人们的道德水准在某些方面仍然原地踏步，甚至有所下滑。三名歹徒光天化日、众目睽睽之下强奸一个女司机，这与从前的剪径抢劫、杀人越货有多少差异呢？更令人寒心的是，车上20多名乘客，无一敢出面制止，及至客观上助纣为虐，纵容歹徒得逞。今天的闹市里，时或发生几十人、数百人围观暴徒行凶的场景，居然在一辆长途客车上得以重演。

人的一生，原本都是"过客"，放大而言，我们所有的中国人可以说是俱坐在一辆大型客车上，山区这辆客车无异于全社会的缩影。倘若我也坐在这辆行驶的客车上，面对歹徒之行径，自己会是那个"形销骨立"的中年男子呢？还是别的乘客中的一员？马克思说过：东方民族的人民就像一个大麻袋里的土豆，一个个慈眉善目、缩成一团的受气样儿。他所说的人民，理所当然是包括这几十个乘客了。

人活世上，做个慈眉善目、胆小怕事的庸常之辈容易，做一个正直、刚强而勇于仗义执言者，就很不易了。人生之绝大多数，如果仅限于做个树叶落下都怕打破头的善良人，车毁人亡的最后命运恐怕就在所难免。鲁迅先生说过，能憎才能爱，能杀才能生。车上那位中年人虽然被打了一顿、轰下了车，可他终于是没有摔身于深谷。

人生的失德之旅，其前程注定是悲剧性的。这篇短小的新闻报道所折射出来的社会意义，比起那些获这个奖、获那个奖的文学作品来，未必逊色。单就文字行当而言，忠实于生活的思想内容是第一位的，形式、技法、趣味是第二位的，这大概无须多言。"文以载道"，似乎并未过时。

我以为，这个女司机是好样的，让一车腐烂透了的"土豆"与被蹂躏了的自身同归于尽，不管法律上怎么去看，我以为可以追认为革命烈士，因为她用个人柔弱的生命在道德领地上又一次敲响了警钟。

《壮举的悲哀》，是个好题目，也是钟声巨大而遥远的回音。

朴素的质地

强毅的对应词是懦弱，俭约的对应词是豪奢，朴素的对应词是什么呢？倘以"豪华""富丽"作答，似乎不甚确切。

朴素，是人类生命里先天形成的内在情愫，它与朴实连襟，属于生理积淀与精神内蕴的自然流露，是本色、本心的外晕与光芒，无色无味，悄静、平淡，在现实生活里很不起眼，实在难于做具体界定，这里只好自其对应面试图反衬：

不雕琢修饰，不包装遮掩；不追求时尚，不随波逐流；不矫情做作，不张扬卖弄；不注重名位，不出人头地；不艳羡强者，不嫉妒同行；不贪图享受，不溺于安逸；不因循守旧，不随俗裹足；不无所作为，不甘于平庸。

朴素与庸俗是截然不同的两码事。芸芸众生里，布衣荆钗者有之，洗去铅华者有之，沦落为丐者有之，这与朴素不能画等号。另有什么

"红妆素裹""素面朝天""淡妆浓抹",也仅仅属于修饰与表象,与朴素的内在质地无涉。此外,有人一夜暴富而豪奢,有人财巨业大而悭吝,有人权重位高而颐指气使,有人官小职微而一派谄相,这号人陷在虚饰、贪婪与鄙污的泥淖里自鸣得意,自以为荣耀,实则属于地地道道的庸俗。至于仕途上随处可见的"一阔脸就变",那是因为其未阔之前就是庸俗透顶的阿Q和小D,地位升迁而变脸,水落石出,乃是现其本相也。

朴素气质貌似静止,实质上含有如云似水式的流动性。天下江河是愈走愈雄壮,而朴素,迁徙、潜移的趋向恰恰相反,在行进途中仿佛只能是日渐式微,是消散与流逝,徐徐地走向消亡。

仔细推敲,朴素质地切近于阳光、空气,在漫长的历史进程中,是酝酿力量的源泉,是藏掖闪电的渊薮。

社会失衡,贫与富一旦列阵对峙,朴素的一方貌似弱小,前途却注定是光明的。从事革命十余年的方志敏,经手的款项"总在百万元",他严谨不苟,舍己为公,将过手的金钱一点一滴地用之于革命事业。1935年临难之际,他执笔写道:"清贫,洁白朴素的生活,正是我们革命者能够战胜许多困难的地方!"唯有不断地战胜困难者,才有希望迎接胜利的曙光。素者至美,朴也无敌,洁白朴素之所以是艰苦奋斗的巨大基座,根本原因在于洁白朴素是扎根、诞生于灾难、困苦的浩大漩涡之中。实践早就证明,方志敏所言是颠扑不破的真理。

雾霾遮蔽阳光、污染空气,因为来势凶猛,扩张迅疾,直接地威胁到诸多生理体系,人们尚怀有治理、复明的期望。如果全社会大幅度地趋向于奢靡而盲目地、了无节制地扫荡天经地义的朴素质地,看不到铺天盖地的"糖衣炮弹",下一步将会招致什么样的后果呢?

金钱二喻

生命的尊严及其内心的挣扎，不能不受到金钱的制约，于是，"没有金钱是万万不能的"这句话颇为流行。有人意怀"策反"，则认为"金钱不是万能的"。因为两句话间距甚大，各占形势，人们便很难识辨金钱的本真面目。"天下熙熙，皆为利来，天下攘攘，皆为利往"，有人说金钱是骏马（世路难行钱做马），有人说是兄长（孔方兄），有人索性认为是命根子。金钱使用广泛，无孔不入，数千年往矣，很多人并未能认清其本相。

对金钱认识得比较深刻的，一是700多年前英国的培根，一是1300年前的唐代名臣张说。

培根认为金钱对于人生，近似于辎重之于行军作战。没有辎重，军队是寸步难行；辎重倘是过剩，不仅致成拖累，贻误战机，而且会反过来招殃取祸，一败涂地。人生处处是战场，培根提示人们对金钱要取用有度，马虎不得，比喻得确切精当。

早于培根500余年的张说，针对金钱写过一篇187字的《钱本草》。

本草，为中药之统称。张说以中药喻金钱，寄寓着诊疗人性之旨意，其目光之深沉，远非普通郎中所能及。《钱本草》认为，金钱"偏能驻颜，采泽流润"。运用金钱可以摄取人世间第一流的脂膏雨露，滋养本体，补益自身，吃得好，穿得好，玩得好，愉悦的心情洋溢于面颜，气色红润，容光焕发。正因为这样，张说在一开篇就指出："钱，味甘，大热。"财主们心里满足而泛起愉悦的甜蜜感，而且是钱越多越甜蜜，甜蜜感渐渐生热，热气旺盛而气粗，气粗则胆壮，红得发紫，炙手可热也。"味甘、大热"之际，张说则一声断喝："有毒！"

毒在何处？"其药采无时，采之非理则伤神。"

"药采"即敛财。世间敛财的方式多种多样，技术、方术、武术、巫术、魔术、马术，几乎都可以拓展成敛财的门径。培根也认为致富的途径千条万条，其正道则只有一条——依靠诚实与汗水致富。正道上勤劳致富，效果虽是迟缓，却也是稳妥可靠的。要成为暴发户，唯有步入贪污、受贿、盗窃、讹诈的歪门邪道，所致的必然症结便是"伤神"。何谓"伤神"？张说认为是"能召神灵，通鬼气"。

人性面对金钱时，着实险恶。两个贼夜间盗墓，墓里的将宝珠递出穴口，穴口上的接到宝珠，便用铁锤猛一下击毙同伙，封闭穴口，悄然遁去。美女有钱，绝不嫁于老翁；而老翁腰缠万贯，必能娶得美丽的少女。金钱能不动声色地毁人生命，破人贞操，不就是"召神灵，通鬼气"的绝妙注解吗？

俗谓"金钱万能"。财主们手里大量的金钱，依然具备着诸种用途。问题是，财主有财主的愿望，其愿望因为皈依于难填的欲望，这愿望便只能是失衡的、失度的，在政坛上铸造成野心，在经济上掘成为欲壑。依照培根所言，面对巨额金钱，上天只赋予财主们暂且的、虚荣的保管权力——饱饱眼福罢了，他们心里所预为安排的，俱属幻影，无一成真。

这是"召神灵，通鬼气"的又一条注释。

有史以来的贪官污吏，在金钱上俱是"终日只恨聚无多"的典范。针对这亘古难移的财主本性，张说进一步点明："如积而不散，则有水火盗贼之灾生。"积而不散，悭吝成性，被盗被劫，或遭"水火"，尚属于小患。现代社会，保安防范措施日益完备，盗贼、"水火"之类，都不在话下了，笔者所理解的潜在"之灾"，应是"药采"时来路鬼祟，终究要受到现实生活的认真清算，严厉审判。

恰如其分的比喻，有益于拓展人们对金钱的认知。西方的培根从宏观上俯视，喻金钱为辎重；东方的张说自微观处切脉，喻金钱为本草。中外思想家的光芒与魅力，互为表里，无远弗照，至今对世道人心有导航之效。

第三辑　雨露之所濡

铡忆

　　一位儿时的伙伴来信问我：你是从农村出去的，多年在外，而今刚刚跨入新世纪，20世纪广泛使用于乡间的许多农具里，有哪一件保存下来，会很快"升值"而成为"文物"？

　　我认真想了想，回信写道：铜铡。

　　铜铡是装着枢纽可以上下扳转的一种大型刀具，北方农村随处可见。农家养着牲口，"一寸草，铡三刀，不喂料，也上膘"，这铜铡用于切麦草、苜蓿、苞谷杆、秫秸。合作化初期，我们一群孩童日暮时分将割下的青草背进饲养室，两个饲养员立即开铡，长者蹲在地上务草，用双手将青草卡成巨束递进铡床，那位壮年汉子双手握定刀把，"嚓、嚓、嚓"，一起一伏，敏捷爽利，那青草味随着飞花四溅的草屑弥散开来，香芬醉人。那一边拴在槽头的牛马，一齐甩动缰绳，馋得直刨四蹄，它们仿佛拂晓时分步入田野，望见了旭日朝霞里带露的碧草，"哞哞、咴咴"，不能自已。

　　铜铡，配套搁置于地，以切草为本职。一旦抽出为轴的铁纽，卸下铡刃，擎于庄稼汉手上，则变成兵器及至凶器。

小说《红旗谱》里有个朱老忠，准备拼命护钟时，手里就提了一扇铡刀。农民动武，就地取材，这铡刀分明是最便当、最威风的家伙。

铡刀之锋利，使我忽然想到新中国成立前。1947年1月21日，天地寒彻，山西文水县的姑娘刘胡兰，是在六条汉子相继被铡之后，勇敢地躺进正在滴血的铡刀之下的！长城内外，惟余莽莽，文水这地方距离万里长城并不甚远，为了民族利益，刘胡兰是怎样的一个女性哟！女儿如斯，这是中国共产党人的骄傲。

后来，我离开乡村而迁居城市，再也无缘见到儿时的铜铡。铜铡作为戏剧道具，是在戏台上演出的《铡美案》时才一睹旧物的。

包拯铁面无私，坐镇开封府，执法如山，对死囚一律用铜铡进行处置（他可能也欣赏铜铡的威慑之效）。小时听爷爷讲过，开封府的铜铡分为三等，铡龙子龙孙用龙头铡，铡文武贪官用虎头铡，铡三教九流中的不法之徒用的是狗头铡。《铡美案》里抬上来的，铡把上是个虎头，不用问，这驸马爷陈世美显然是个攀龙附凤的"大老虎"也。

在大堂上行将"铡美"之时，龙国太为了保住自家的女婿，将自己一只手也塞进了铜铡里，"看你黑包拯怎么开铡"！包拯纵有泼天之胆，怎敢铡国太之手呢？他万般无奈，顿足叹息，只好转回身拿出银子安慰边上的受害者——秦香莲：

  这是纹银三百两，
  拿回乡去把家安。
  教儿南学把书念，
  只读书来莫做官。

你丈夫他把高官做，

害得你一家不团圆……

包拯每唱到这里，台下观众是一片唏嘘声，我禁不住暗自纳闷：从古及今的苦学念书，耕读传家，这是多么美好的生活啊，可繁华富贵、前呼后拥的官场，又是怎么一回事呢？人们求学念书，许多是为了当官，这书究竟是好东西呢还是坏东西？为什么有的读书人一当上官，蝇营狗苟、欺世盗名、吃喝嫖赌、贪污受贿、六亲不认、灭绝人性、目空法纪、出尔反尔，那么多为人伦所不齿的坏毛病怎么那么快就染上身了呢？官场上祸国殃民的诸多弊端，为什么用锋利无比、揽地甚宽的铡刀也斩杀不绝呢？

时代变了，当今科技兴农，即便牲畜仍要饲草，也有电动粉碎机去绞轧，用不上铡刀了。至于偶然发生斗殴现象，也有了更先进、更缠手的家伙，铡刀之淘汰，是势所难免的了。

铜铡，体长五尺，扁形大木上包有铜皮，刀刃下落处有半指宽的空隙长缝，缝两边嵌有对称的长城女墙状的铜牙，用以滞阻刀下草束的滑动。这家伙是何人发明的？无从稽考，谁也说不清楚。今有村友来信问及，竟使我忆起了与铜铡有关的一些零星片断……

土炕

庄稼人"日出而作，日落而息"，晚归后的休憩之所，就是土炕。

土炕大小高矮的格式是固定的，周遭用百多块土坯齐整地栽垒成长方形底座，面上平撑六大块四方四正的麦草泥坯。三面贴着围墙，敞着的一面供人上下。靠墙处凿嵌窗棂，远可以眺原野阡陌，数青天雁行，近可以唤鸡鹅、呼邻舍，逗童儿玩耍。

仲夏，炕心平铺一领光洁的苇席，肚皮上遮一条家织的蓝格儿布单，悠悠晚风自窗扉徐徐拂来，荡进一缕缕泥土与庄稼掺和着的气味。小巷犬不吠，屋里蚊不叮，寂静、清爽、惬意。冬夜，土炕烧得热腾腾的，满屋暖意融融，谓之火炕。纷纷扬扬的雪花在街巷、庭院、屋顶簌簌飘落，窸窣之声响动在有无之间，编织成的浩茫意境是若明若暗，扑朔迷离。全家三四代人厚被长枕头，鼾音雷动，此起彼伏，不用问，酿成的梦境是温暖的、馨香的。

平托着人体的泥坯一寸多厚，平平排列于土坯上方，面上承得起数百斤重的压力，背面长年间经受烟熏火燎，为什么不折裂，不塌陷呢？

061

因为这坯是胶泥与麦秸合制的,麦秸铡成一拃长,与泥巴搅拌得愈黏愈好。伏天正午,光光的场地上,打坯人只穿一条短裤,将麦秸大把大把撒上泥窝,两只大脚板踩得"扑腾、扑腾"响,烂泥陷近膝头,拔出踩进,每一动作极端费劲,踩不了几脚,一条壮汉便累得浑身精湿,汗珠雨似的滴进泥里。和妥的草泥摔进旁边摆置停当的方形木框里,塞实抹平,隔上两袋烟工夫,泥皮收拢住了,捏一块青砖"乒乒乓乓"狠狠地砸瓷实,就地晾晒。烈日上烤,暑气下蒸,少则两天,多则三天,泥坯就能掀立抬动了。柔韧的麦秸均匀地锁进泥里,像水泥预制板中浇铸了拧丝钢筋。倘不是三伏天,泥坯半个月恐怕也干不透彻;"夏云多奇峰",晾晒时若还袭来一场暴雨,坯也难保。

砌炕又叫盘炕。老把式盘的,外观棱正,泥面若鉴,炕洞也通畅,几把干柴进去,旮旯拐角都烘热了。否则,炕就不灵,烧去一大堆柴火,中央筛子大一块烫巴掌,别处却凉冰冰的。这类炕,主人家是很烦恼的:"唉,闷死了!"关中土话,闷者笨也。炕闷,言下之意是盘炕之人没有本事。

炕洞里冬天烧的,尽是柴屑、草末子、树叶儿。冬夜漫长,这些散碎之物可以缓缓悠悠漫燃上一宵,满炕持续住恒温。倘是硬木柴或干茅草,一呼啦起猛焰,炕上烫烙,弄不好被窝里也会冒烟哩。这等柴屑草末,是秋凉时分萎落在坟边、渠沿的,除了腐烂化土,也别无用场。于是村翁老妇携帚挎篮,一掬一捧,积攒为烧炕的燃料。细水长流,勤俭持家,偌大的关中乡间,倒不大听说有多少被腰腿寒、关节炎缠住撂倒的,十有九恐怕是得益于热炕了。冬日昏暮,"一去二三里,烟村四五家",平原上一座座村墟烟斜雾横,漠漠平织,薄于淡纱,轻若罗带,有晚炊之烟,更有炕洞里逸出的烟。乡景雅致似梦,浓淡得宜,如诗又如画,显示着农家生活勤恳、精巧的一面。

天底万物形成于土，最终又回归于大地。土炕通常是三年一换，拆旧盘新，时机总择定在玉米秧拔节且刚刚拔高到齐人腰部的当儿。

要拆的炕经历了百余场的烟火烤燎，体温之浸润，土坯、泥坯被熏染得油黑泛亮，仿佛涂了厚厚的一层乌漆，凝化了的烟土味儿浓烈呛鼻，蕴一股看不见的烟气火色。

一页页揭下之后，由赤着上身的汉子虎钳似的张开两膀，"哗"地提摔于大门之外，儿女们抢上前挥镢抡锤，"咚咚砰砰"，转瞬间砸得枣核儿般大小。砸碎后立即担进地里，用盛饭用的大碗（裂缝儿报废了的）抠出尖溜溜一碗，倒扣在绿秧根部，逢株一大碗，一株也不错过。从里屋扔到门外，自门外提进田垄，打仗拼杀似的忙活上大半天，合家大小的眼圈儿、嘴唇儿、鼻梁窝儿，尽被砸飞扬起的尘灰扑染得黑乎乎的，壮男少女，仿佛都生出了黑茸茸的髭须，男人像铁面包公，女人像烧火丫头，你瞧着我笑，我瞧着你乐，彼此哂笑时，露出的牙齿雪白莹亮，珍珠儿似的……

炕土肥融散入土，渐渐被苞谷那龙爪样的根系所吸收，其发挥效力的时机，恰巧是红缨儿干蜕、嫩粒儿在绿皮包里升孕的当口，在炕肥滋养下，掰开的棒子长，启爆的粒儿圆，成熟之日，枣木棒槌般粗硬，熬稀饭是喷喷香的。不仅如此，在吐缨之际，又促使玉米株茎粗根稳，亭亭玉立，不易为风雨摧折或者倒伏。庄户人家几代人数年间的躯体之温、筋骨之气，就自自然然地滋润到田禾那青碧凝翠的躯体上了。田禾者，庄稼也，庄稼二字，实在耐人寻味。

炕土肥倘是错过这个特定的时机，就不妙了。施早了，秆儿疯长，待到孕穗时反而泄气了，就像月子里的馋嘴少妇，营养了自身，生下孩子，奶水儿却接济不来；施晚了，苞谷现老，肥劲旁落，反而转移到那私相繁殖、偷偷结籽的秋草上去了，为下一茬庄稼遗下祸胎。由此可以

063

领悟，人对土地，要的是踏踏实实，一丝不苟，要的是精确万般的节令与时机，要的是贴心忠诚的力量与汗水。

幸福不会从天降，而汗水从土地里浇出的幸福，却是最难得的幸福。待四野秋收之后，天气也渐渐地冷了。苞米稀饭，小米黄粱，伴以新掘的红薯，经霜的青头萝卜……色调齐备，新润莹洁。合家老幼团聚在热炕上，由那刚过门的新媳妇站在锅台前，从腾腾的热气中一碟一碗地递端上来，野味家风，其乐也何如！

乡下人家，一年到头很少动荤，可靠这一茬茬鲜嫩丰美的大自然的精元之气，也是获取了养怡之福——"十亩地，一头牛，老婆娃娃热炕头"，这算不算是小康人家最原始的真实写照呢？

板桥的回忆

绕长安之"八水"里含有灞水，我家就在灞河边上。

新中国成立之初，河上的板桥冬至前架设，春分时拆卸，搭拆的时序，与河水的季节性变化相关。河水柔畅地流淌在平原上，虽不很深，河道却宽展，这是雨天暴涨，满河激浪左右开弓恣意打滚，把河道给敞宽了。冬九天，远方山寒，河水瘦削成一抹清流，斑斓卵石小花似的闪烁于水底，这时节才有了架桥的条件。

桥是二三十块丈把长的木板衔接而成的，板与板相衔处支着四条腿的丈许高的木码子，下半截陷入流沙，上半截擎出水面三尺余，肩扛两块板头的码子们等距离排成一线，横亘于清凌凌的水面上空，远看是小巧玲珑，骨骼坚挺，如诗如画。

"紧过列石慢过桥。"过桥人脚要放平，身要拿稳，心思须高度集中。百多斤的人步起步落，寸许厚、尺把宽的桥板微微颤动、忽悠，过桥人稍有疏忽，后果都不妙。按说，人置身于板桥之上，视野辽阔，淡山古柳被流水牵挽，是一幅绝巧的好画；而此时的过桥人心弦紧绷，大气不敢出，甚至眼珠儿也不敢转动，更别提赏景了。板桥上这如履薄冰的谦恭神态，反将人身化为自然构图里的一个部件了。

过桥最艰难的是老太太。小脚儿本就欠稳，寒天又穿戴厚实。簸箕大的流凌撞在码子腿上"咔嚓嚓"地炸裂，老太太不晕者少。晕桥时，长桥似乎整个儿朝着上游飞快移动，两岸古柳旋转，板桥仿佛倾斜，人会控不住身而落水。每逢这等险象，老太太得赶忙趴伏在桥板上，双目紧闭，直等到晕象从感觉中彻底消退，才敢慢慢地启动眼皮……一旦晕桥，同路者爱莫能助。后面另一块板上倘是儿子，只能挥手呐喊："娘！快趴下，眼睛闭实，抓紧桥板，别动弹！"后边的老伴儿倘是"学究"，会捏着拐杖（替她所拿）在桥板上墩得"笃笃"直响："哎呀！别老盯着水面么！'注视则静物若动'，何况河水在流嘛！"趴着的老太太这时最听话了，一声不吭，身后怎么指挥她都照办，比木偶还顺从。

过桥有个不成文的讲究，眼见对岸有人上桥，这一岸就不能再上，桥板窄，彼此错让不开。老太太桥上寸步难移，聚集在对面桥头的男女老少也替她捏把汗哩。有人两手拢个筒儿喊着给老太太出主意，鼓励她胆儿放正，千万别急；有人嘟囔着责备老太太身后的老伴或儿子是穷咋呼、瞎指挥；也有人不满身旁的嘟囔者，愤愤地挖他一眼……千难万难，老太太终于要过来了，即将下最后一块板时，身子就散了架似地朝人们的怀抱里扑倒，桥头上早就伸出了十几双接她、搂她的巴掌。在盛大热烈的拥抱中，女人们忙擦她脖子里的汗，整理被风扰乱了的头帕，年轻的替她拍尘土、整衣襟、蹲下系腿带，忙作一团也乱作一团，这些不知从何而来、又不知向何处去的陌路相逢的人们，亲似骨肉，竟是那样地真诚、热烈……

年少时节，我也是过桥的常客。满月之夜过桥，水里浸润着的月儿分外皎洁。我行桥上，水底的月儿时快时缓，总是紧紧依偎在身旁。水月成镜,乃造化之寓意,最初为天下少女磨洗出第一面明镜者,我真怀疑是一位逗留过月下板桥的巧匠。水中月匀静莹澈,水经浅滩,水纹网皱如织,月儿就无声地笑了、醉了,泼洒开一派碎银似的晶华,连周围的星儿也激动得晃摇乱溅;一旦归入深缓之处,碎银倏地敛住笑影,又重新凝聚成一轮皎月……一旦走下板桥迈上滩头,步步随人的月儿便倏地收回于空中,"月下飞天镜",新磨如洗。

天上人间,倏忽上下,散碎于水,散碎得那么彻底;飞镜重磨,在空中又复归得那样圆满者,宇宙间是唯有这水中之月了。自沙滩上回过头细看,板桥一线凌波,空蒙若梦,桥板上宛如敷了一层霜,或许,是淡淡然地施了薄粉……

清流、皎月、古柳,万籁俱寂,让我记起架桥的场景了。

寒气逼人,旷漠的河滩上除了一伙凑热闹的顽童,尽都是壮汉。近水处,苞谷秆燃起一堆炎腾腾的大火,映红了河面,火堆旁搁着拧开了瓶盖儿的最廉价的烧酒。汉子们头戴棉帽,厚棉袄的下摆用布腰带裹扎得紧紧的,下半身则赤条条的。人多势众,仰脖子灌进几口辣心的烧酒,吆喝声中有的抬板、有的扛码子,乐呵呵地下水了。冰水狠毒,猫咬似的疼,右脚仙鹤似的抽出水面,正在空中难受呢,水里的左脚更是油煎样的熬不住了,于是,两条精腿蹦跶着,一跳一跳地跑向前去,水花哗哗直响,踢溅得老高。下码子的人,将半尺长的木楔打入板头眼进行固定。扛抬的汉子搁下桥板,忙又蹦跶上岸,上岸后又不能直接近火烘烤,便一屁股坐在火堆旁的棉裤上,抱住腿脚使劲儿搓动。炽烈的火焰在风地里燎来燎去,摆动如大旗,汉子们是一面搓腿一面骂,骂风、骂沙滩、骂桥板,惹得孩童们"嘻嘻嘻"笑,熬苦者最见不得"幸灾乐祸",瞪圆眼珠子骂道:"笑你娘个蛋!"顺手抓一把沙子"唰"地扬过去,孩童们跳着脚哗然四散。

架桥完毕，返回村庄。村里早就选定一户宽敞大院搭棚支锅，在河边不闪面的女人们已经忙活了大半天，备妥了一顿丰盛的黄花、木耳、菠菜、豆腐丁儿臊子面，细长、热乎、柔韧、喷香，非常劲道。受犒劳的汉子们大口大口朝肚里吸溜，满院子回旋着一派狂风似的吸溜声，声儿好响噢，似乎是群鸽凌风飞翔时的"哨"音——停箸仰首，天空恰恰有雪白、矫捷的一群鸽子翩然旋过，像一束束雪白的信笺，是月宫里贴心而深情的慰问……

奔波异乡，我是长期没有回故乡了。灞河冬日那座雅致脱俗、精巧绝妙的板桥，从前是逢年必现，而今还能看到吗？

元夜的灯笼

乡村元宵节，浩茫的夜色里浮动出一盏又一盏红亮亮的灯笼，成串、成簇，汇成一层又一层，走过街巷，漫上街头，眺望辽阔田野，无声地迎接春天。每当这时，我就想起我的干大。

旧社会乡村多疾病。有我之前，父母生养过几个都没有留住。为挽留我，他们赶忙从邻近的堡子村为我认了个干大。干大50多岁，很穷，后娶的干娘是山里人，灰白的头发乱蓬蓬的。两口子不生养。干大是个跛子，风泪眼老是流水，戴一副拴着细线绳的茶色眼镜。干大这个样儿，让我感到窝囊。

依照乡俗，逢年过节要给干大送几个馍馍或是十个粽子，过年时，干大给干儿干女送一个灯笼。母亲好说歹说，我不乐意走这门亲，勉强去一趟。干大干娘一见，相当热情，连忙从小铁锅里切一块煮停当的驴肉（有时是狗肉）款待我，我扭拧着身子推辞，倒不是嫌肉不是正牌，主要是嫌弃茅屋里的气味难闻，只要能挣脱干大的手，一溜烟就跑了。跑出老远，还能听到干大在门口跺脚抱怨："小驴日的嘴馋，这么香的肉也钩不住你！"

干大时常上我家走动。伏天一个晚上，屋里闷热，我和伙伴们坐在门前巷道里听一位老伯讲古，星汉灿烂，远近漆黑，正入神哩，干大从我家屋里出来了，估摸人堆里有我，便叮咛母亲："巷道子走风，墙缝的蝎子也出来吸凉哩，别让咱娃在墙根下坐。"我烦他多事，不吭声也不挪窝。干大去后有一袋烟功夫，我"哇"的一声惨叫，飞进屋里，灯下一照，中指很快肿得和胡萝卜一样，母亲一面蘸清油涂抹，一面叨叨："还是个老蝎子蜇的，毒气厉害着哩。"巷道里传来不屑的声调："跛子撂下的话，邪（斜）着哩。"那个疼劲噢，没法形容。

干大的瓜务弄得好。西河滩上，数他的香瓜名气大。初夏，我领着几个伙伴在他的地畔趑来趑去，直瞅着叶儿下碧莹莹的香瓜。

干大看出意思了，和蔼地说："再过十天，瓜开园了，你们来，尽饱吃。现在没熟，吃不得的。"我盯住瓜儿不吭声，也不走离，心里嘀咕："干大，你别糊弄我们小娃娃！"见此情景，干大干咳几声，掏出揉皱的手帕擦擦眼镜下的泪水，苦笑着说："不信干大的话，就挑一个尝尝。进到畦里小心点，别将瓜蔓给扯断了。"说罢，提着瓜铲忙活去了。我拣大个儿的揪下一个，与伙伴们飞一样撒进了白杨林。瓜被砸开后，一人一角，我的一角最大。咬一口翠青的外壳，寡淡无味，再咬一口瓤儿，唉噢，简直咬了苦胆，随着"呸呸呸"的唾地声，伙伴们也都扯帮咧嘴，舌头乱晃："你干大种的啥球瓜哟，把个死人能闹活！"我瞄瞄不远处跛动的影儿，晃晃手里的瓜低声说："走远些再扔，别让我干大看见了！"

一蜇一苦，我对干大无形中也就不再反感了。家里逢着，叫一声"干大"，也不觉得拗口。一个晚上，昏昏欲睡，听到父母亲在灯下说话。娘说："跛子心眼儿蛮好，西街的琴女（跛子的干女儿）泻肚子，几天就把娃拉得失了形，昨日跛子揣来几个青柿子，用竹篾儿扎几个眼儿，放进灶膛热灰焐烧，涩水儿全沁出来了。琴女吃下去，立马就止住了。"爸爸说："就因了他心地善，干儿干女才稠得很。过年要给干娃送灯笼，茅檐底下花花绿绿几长串，少说也有四五十。"

我对干大，渐渐也服了。别的孩子上树，折那雪一样的槐花，干大说："从树上掉下来，把腿就摔断了。"我就不上树。伙伴伏天下河扎猛子、泼水仗，干大说："水里没好事，淹死的全是会水的。"我就不下水。干大很满意，私下里给父母夸奖："咱这娃娃，日后肯定是个捉大事（有出息）的。你们不信走着瞧。"后来一天天大了，伙伴们都笑话我不会上树也不会游泳，是个"鳖熊"。于是我又暗暗失悔：这个干大哟，心眼儿好，也有不是之处。

一个跛子，为什么就能吸引那么多人家认他做干大呢？问父母，父母笑而不答。听听看看，我渐渐揣摩出一些名堂了。干大干娘穷而无后，又有残疾在身，苍天怜悯这样的孤老，自应惠其后裔，而干儿干女与苦干大名义上有着亲缘关系，于是，这所赐之福就落到干儿干女头上了。干儿干女里命定受穷的，脖子上就多了一条富贵的"项链"；命定短命夭折的，无形中增一线成活的系数。这些宿命色彩的寓意，再要推究下去，会觉出人与人之间的势利，甚至残忍。穷苦透顶的干大干娘却是太善良了，不思量这些，只是实心实意地喜爱这一伙干儿干女……

在我12岁那年冬天，快要过年了，干大干娘突然去世，他俩一前一后，相跟得那么紧。为我备妥的年节灯笼，是干大的邻居代亡人送过来的。舅家与别的亲戚也送来了灯笼，而干大的最为新巧雅致，是一盆硕大的花篮，上沿插着展瓣斗妍的荷花、牡丹，底部是流苏飘絮，腰缠红绸绷带，绷带上转成四个金字：万事如意。

"八月中秋云遮月，正月十五雪打灯"，元宵节之夜，正下着雪。纷纷扬扬的雪花里，村巷间红灯盏盏，冉冉浮动，我这花篮，红光漾溢，吸引得众多的灯笼自动朝我这儿集拢。集拢的红光融成一团，伙伴们仿佛沉浸在红霞里，你看看我，我看看你，不言不笑，颤颤巍巍地将灯笼挑高一些，照得琴女她们的脸庞分外红，似乎抹了胭脂，发际刘海上落几星晶莹的雪花，这雪花转瞬间就化作细碎的珍珠儿。静默片刻，我们各自顺下眼睫，盯着粉红色的雪朵绕着灯儿轻轻打旋，周围沙沙有声，仿佛是祝福的天籁……村外荒野里，干大干娘小小的新坟，素静、洁白，快要被雪花掩平了罢。

多年以后，我在外地工作，在家种地的弟弟写来一信：

> 你信里提及给娃娃认干大的事，村里偶尔还有。不过，现在不再找盲人、跛子之类的苦命人了，新兴的认干大，认的是支书、队长，他们才是"福大命大"有造化的人。

捏着弟弟的信，我仿佛捏着一苗燻燻烫手的火焰。我是深深怀恋那元夜的灯笼的——我那干大停住脚对人说话的时候，端端正正，谁也看不出他是个跛子。

野草无言

天底下最不起眼之物，莫过于野草。

"草色遥看近却无"，早春冒芽探身时，由于众多，远看有色，又因为过于渺小，就近审视则看不出眉目。仲春盛夏，葳蕤成阵，绿茸茸地笼盖四野，这才亮出了大自然固有的原色、本相。

小草含清露，清风恋小草。风儿温柔地掠过草原，草色连绵起伏，"天苍苍，野茫茫，风吹草低见牛羊"，肥饶广阔的草原因为被轻轻地抚摸而抖动不已，呈示出绿野清风最迷人之画面。大风起时，则掀起海潮样的接天碧浪，此际此时倘有扬鬃成阵的马群，壮马骏奔矣蹄声挟雷，惊天动地，形成的则是壮观、神奇而美不胜收的景致。

变幻莫测者，风也。常听说狂风、飓风折断了大树、掀翻了屋顶，小草在风地里俯仰、翻卷是有的，却从未听说过有什么风吹折了纤枝细叶。俗话说"疾风知劲草"，貌似柔弱的小草匍匐于地、深深扎根于泥土，积聚着坚韧顽强的力量，与大地同呼吸共命运，有哪一株不属于劲草？风闹不清底细，是在盲目突袭中认识了小草而已。

风或起于青萍之末，火是从顽石里迸溅出来的，秋冬季节，二者时或相逢。风之吹灭灯火、踢散火堆、张扬尘土乃寻常琐事，然而当它骄恣地撒野于原野却又奈何不了小草之际，便将诡秘的火种携进草丛里来了。纵火焚烧，烟焰如龙，将秋草之苍绿化为灼灼之炽红，风助火势，火趁风威，风愈疾则火愈旺。遇草之丰茂蕃盛处，挟风之火直如猛虎添翼，拥裹翻动，轰轰烈烈地向远方推进。

——"星星之火，可以燎原"。这里切莫轻忽：星星之火其所以能够迅捷成势而"燎原"，表面上得力于风助，实质上是脚底下踩着接踵联袂的小草，草野蕃盛，风与火有所凭依，这才有了愈行愈远的根本。天有天光，云有云影，风与火结伴，简直疯狂得无与伦比。众多野草贮备蓄藏世代之生力，莫非尽在此终极之一拼乎！

——风火之威，天下无敌，东方的神话里这才出现了哪吒足下的风火轮。风火交轧兮焚草扬灰，就能够彻底灭亡小草吗？"野火烧不尽，春风吹又生"。风火之摧残愈是强悍猛烈，春草再生之际则更添力度，益增活力。大千世界总有风火，愈挫愈奋的往复争斗，相依相生的存亡规律，由野草以"一岁一枯荣"的写意笔法，在大地上反复地阐释着"大道低回"的美学哲理，是为颠扑不破的一条真理。

其实，这个世界上，萋萋芳草与平民百姓最为切近。盖茅屋以栖居，织草席而夜憩；择草药以疗疾，掘草根而充饥；戴草帽以遮雨，结草瓮而贮粮；斯世罕见的二万五千里长征发轫于80年前，红军穿的是草鞋，可他们硬是在刀兵血火中战胜了兵力几十倍于己的穿皮鞋者。难怪，卑微、困苦的普通百姓、祖祖辈辈，自称"草民"。

盘古至今，不畏齿牙撅嚼、不惧利刃芟刈、无视铁蹄践踏的小草，在这个世界上从未获得过什么"勇迈""坚韧"之类的头衔与桂冠。然而，走兽飞禽，牛羊马驼，凭着习见、平凡的野草以繁衍生息，仔细推究下去，整个人类，上上下下，无分尊卑贵贱，离得开野草吗？

麦性

关中妇女擀面条蒸馒头，一边和面揉面，一边啧啧赞叹："这麦面真有性。"性者个性，是说这面粉和水之后柔韧劲道，案板上搓擀起来拿手顺心，蒸煮一熟，香味隽永耐嚼，别的五谷杂粮无论如何是比不上的。

原因是小麦生长期不足一年，却涉足四季。秋风秋雨里播种、生芽、泛绿，经一个白雪纷然的严肃之冬，在柳青桃红的春日里起身成簇，联簇为浪，绿浪在最为得意的春风里摇出穗儿，灌浆转黄，龙口夺食的收获之日便来到了。小麦的经历比别的田禾漫去、复杂，接引下后代，个性便极其鲜明。

嫩生生的冬麦细苗不怕牛撅羊啃，更不怕车碾人踏，不但不怯，反而是愈踏愈旺实。五九尾，六九头，乡村因为过年而演戏娱乐，那戏台就在村口选一块平整的麦地搭了起来，村庄是戏台的背景、后盾，台口对着旷野，开阔无限，夜里开演时，人山人海，冬天厚实的鞋底挤出来挤进去，蹲下去又站起来，千层万层地研磨践踏，一折腾就是几个时辰，直到后半夜戏才散场。翌日早晨你去看看吧，这块麦地简直像小学校的大操场一样瓷实光硬，怎么也理不出麦苗儿的痕迹了。

可待到五黄六月天，你会万般惊异：这地里偏偏是密不透风，麦秆最丰盈最厚实，开镰之前，从垄头掀一巴掌，一拃长的金黄穗儿挤挤推推，一家伙能自动传摇上几丈远，漾开的麦气喷香醉人。这情景很快使你联想到年节夜戏时万头攒动的庄稼汉的脑袋，嗅到了冬九寒夜所弹压不住的热烘烘的掺杂不清的汗味儿……

——是四乡八里蜂拥赶来的鞋底下黏滞了过多的尘埃、灰土，是小儿们挤不出人窝而就地屎尿，尘秽壮气偎之于根部，进一步落实了根脉、哺育了根系吗？

——是夜冻日消，温寒交递，加之践踏时地表压力过甚，对细弱之苗摧残过甚，反而激励起、挑逗起抗争、向上的勇气吗？"压迫过甚，反抗也愈烈。"

——或许，是潜伏于浅土的芽儿在那个不平静的夜里，嗅得了人世间欢乐得癫狂的热烈气息，向往人间生活，忘却了自身为何物，一下子蓬勃得难于抑制吧。

天地大戏台，戏台小天地。在这个演尽人生悲欢离合的村野戏台前，初始是人潮汹涌于冬夜，接着是开春的绿苗海潮一样弥漫开来，取代了人潮。夏忙季节，硕穗甸甸，金浪熠熠，又一次形成似潮如海的壮观景象……很显然，这是天、地、人共同编织成的一帧奇景，庄稼人自家代代耕耘，终于也无法解释清楚。

秋象

夏与秋刚开始交接，气候与景物上还一下分辨不出是秋还是夏。

半清早，几大朵镶着锃亮边儿的乌云，像刚刚炸裂开却又不甘心各自散去的大型冰块，近近集拢在朝阳周围。有一块终于捂火盆似的一下捂住了太阳。顷刻间，阔大的密麻麻的吊线雨幕从黑云底部、天老爷长胡须似的垂搭而下，滂沱雨点儿齐崭崭泼下来了！

只是暗了东方，天宇并不晦暗，云隙缝儿间透射出的一束束烂银般的光芒将垂垂而下的连天接地的雨幕烘托得闪闪烁烁，那倾泻而下的珍珠颗子似的大雨一下子将地表万物泼打得迷迷茫茫，碧翠晶莹的棉花叶、苞谷叶颤颤巍巍，噼啪乱响，亭亭株影在雨丝长弦下似笑似舞、半痴半醉。"唰唰"雨星砸在地上，闪溅开一扇扇贴的薄绡似的雨沫，雨沫泛亮，白雾掠地，于是村人称这雨为"白雨"。

"白雨不过牛背"，黄牛的一峰脊背可以秦岭亘天似的分划开晴阴两界。黄牛在拉犁，犁沟那边刚刚翻掀起来的耕地上是白花花的一派雨雾，而这一边尚待翻耕的生茬地上阳光筛动，一星雨也没有，但却强烈地感觉到从对面浸淫过来的潮润润的湿气，一股鲜冽袭人、扑卷而至的馨香气味……

方才还在那一边啄那蹦蹦蟋蟀、叼那紫红蚯蚓的乌鸦、喜鹊，忽地撑开翅膀，贴住地皮飞掠到犁沟这一边来了，不啄不叼了，齐愣愣抬头往那一边瞅。那正犁地的老农也呆了，收住鞭，插住犁，伸开一只脚踏在犁床上，与老黄牛一齐歪头朝那边雨窝里瞧：

那边趁早凉钻进青纱帐里寻挖猪草的村童们，急惶惶扔飞了拐把短镰，倒翻装草之竹笼，一下把草笼胡乱扣在小脑瓜上，朝没有雨的这一边狼狈逃窜，大呼小叫、连滚带爬、跌跌撞撞，像风雨里覆了巢的小鸟，像荒火里乱了营的蚂蚱……

收鞭插犁的老农禁不住微微一笑，自言自语："噢，今天是立秋！"秋天就这样大咧咧地撵到八百里秦川上来了。

此番云雨，来去倏忽。像一幅自天而降的神妙画卷，绽得快也收得疾；像那拂晓时已经隐去的月殿里突然亮相的一位天仙，朝着大地襟拂云雨的天仙，容不得下界的凡夫俗子们拭目细看。

这瑰丽景致变幻得臻乎极境，秦川大地上也非常罕见。

梦中花草

小蒜

早春萌动，晚秋迟萎，形似菜畦里的蒜苗，茎叶比蒜苗又细瘦许多，埋于土里的白色蒜头肥圆、瓷实，味道较蒜苗倍加辛辣、刺鼻。拿回家剥洗干净，剁碎，母鸡高唱时，收取麦草窝里刚落下的微温的鸡蛋，轻轻撞破，和少许油盐，捏一根竹筷在碗里搅匀，小铁勺文火炒熟，特香，香气逸出小院，街巷的人们吸溜不已。母鸡倘未下蛋，可用剁碎的绿渣儿卷成粢卷（面卷），刚蒸出锅，比肉包子还要香美。

只因细长、瘦削，分布稀疏，与青草混杂一体，根又扎得深，很难挖取，于是，乡下人又称曰"贼蒜"，可能取的是贼不易捉拿归案之意。女孩儿蹲在荒草窝里，老半天才挖出小小的一撮。炒熟端上饭桌，其香味远胜于刚刚冒起于树梢上的香椿嫩芽。

蓝秧刺

野生枸杞，落叶小灌木，茎有短刺，初夏着花，花瓣淡蓝，俗称"蓝秧刺"。早春开花之先，刺嫩芽青，掠下嫩茎碧叶，开水焯过，凉拌成小菜，以佐刚出锅的金黄色玉米糊稀饭，香沁两颊，妙不可言。

蓝花谢去，始结卵形绿果；立秋时，串串果粒呈金红色，地垄与道路两旁，宛若悬挂着一串串珍珠、玛瑙，不知道外国有无此物？在我国，唯有宁夏中宁苦水河畔出产的枸杞驰誉天下，我去过中宁，此物茂盛得连片成林，干枝粗壮结实，其果性平，味甘，为补肾益精、养肝明目之上品。

秋天的红浆果自熟自落，无人理睬，因干枝多刺，刺锋硬锐，牛羊鸡犬也不便切近。野地里玩耍的孩子们则趁其熟软，摘于巴掌里当"子弹"，彼此列成两队，猛个儿捏出果球里的红酱对射，因果酱充实，尾部有小孔，射之甚远。双方的衣裤、脸颊、头发上，猩红点点，似血非血。日暮时回到村里，一进家门，母亲便瞠目惊呼："天哪！身上抹的啥嘛！"

农民只知道蓝秧刺嫩芽儿清香爽口，从未听说过天底下还有什么药中神品"枸杞"。现在市场上随处可见成堆的红艳艳的枸杞子，招牌上俱写着宁夏出产。苦水河是小地方，产地标成宁夏，就不好说了。

鬼针草

鬼针草只生长在陈旧的坟包上。越是茂密，证明它足下那座坟茔的年代越是久远。秋天，枝头伸出针状瘦果——顶端炸开寸许长的五六枚芒刺，与周围的庄稼杂草浑然一色。

玩耍的孩童们一旦走近坟包采摘那晚开的艳艳的小花，神不知鬼不觉，这芒刺就密麻麻扎进了衫子、裤子的布眼里，随着这嬉嬉闹闹、欢蹦乱跳的一伙，跃过水渠、垄畔，跑上土路。最后回到村里、院里，老奶奶看见了，得从小家伙身上扒下衫裤，坐在小凳上，花费一大晌功夫，一根一根朝下摘取。老婆婆手里的小针，捏弄起来实在费劲，于是，鬼针草又被称为"婆婆针"。倘若提住衣领"啪啪啪"狂抖，或者压进水盆里死命搓洗，是一根也弄不离的。

"婆婆针"能暗暗揪扯住天真孟浪的童儿衣襟流播四方，脱离坟包向远方走动，上身附体之际，且又神秘的了无觉察，于是，人们又叫它"鬼刺"。鬼刺鬼得狠，略粗于针，毫无刺扎之痛，更无缝纫之功，仿佛是亡魂头上的荆钗，是不泯于九泉的灵魂依恋耕耘过的原野秀色、思念家里儿孙后裔的细微的信号。

苜蓿

苜蓿紫花，绽放于暮春。连片成阵，花气扰攘，暖香扑人，远远近近的蝴蝶过盛大节日似的汇集于其上，这些在露水和朝霞中生成的娇子们仿佛懂得美学，也精于享受，务必要在这浩大的紫坛上尽情尽兴地翩翩起舞一番，才不枉在这个世界上来过一场。

苜蓿前身，当为野草，那么它是连接土地与人生的最坚韧、最亲昵的一类野草。地下土长期封埋而不见阳光，一旦被人们奋力地翻出地表，光天化日之下，三五年内是缓不过性、养不好田禾的，这叫"生土"。生土地上唯有播种苜蓿，当年即有收获。苜蓿紫花如云，铡断这花叶茎秆饲喂骡马，寸草上寸膘，骡马筋力强壮。秋收时掘净了苜蓿换茬口种麦，不唯产量高，而且麦面筋韧、有性。苜蓿长过一茬，仿佛为生土施进了特种肥料，生土也就神奇地衍变为"熟土"了。

在顽童眼里，艳丽蝴蝶群舞于紫色花海上最为好玩。蝴蝶是粉黛的化身，是美色里的精魂，淡紫色的花絮茸茸如地毯，童儿们扑着闹着捕蝶翻滚，蝴蝶是抓不住的，对苜蓿却毫无损伤，这地方依旧是舞得精疲力竭的蝶儿们相吻相拥着行将"涅槃"的天然祭坛。

蒺藜

近于河边的响沙窝里，别的小草无法立足，蒺藜却连片成坨地扯开蔓子，黄花小小繁于星，果实坚至形似犬，小犬之头尾四肢均化为勃勃硬刺，呈狰狞凶狠的铁灰色。家禽牲畜里，唯有老牛喜爱蒺藜，敢于伸开小簸箕似的舌头，连刺带花裹着蔓子大口大口嚼下肚去。

这蒺藜生铁铸成一样硬实，熟而落地，雨淋不朽，冰冻不化，风也吹它不动。光脚丫子的放牛娃不小心踩着它，它就锐利地扎进去。被扎者"呀"的一声尖叫，抬起脚板伸一只手摸过去，轻轻抠下它，狠狠地甩开去……翌年开春，几场透雨，它也就远远地、蓬勃地繁殖起来，一坨坨新绿，酷似大漠绿洲，异样迷人。

蒺藜为了朝着不同的方向繁衍后裔，居然使用这样个卑劣手段——专刺孩童的光脚丫子（牛马的蹄甲它是刺不动的），人们大概厌恶它比恶狗还要难缠，便称它"刺连狗儿"。

"人吃辣椒图辣哩，牛吃刺连狗儿图扎哩"，牛嚼蒺藜，等同于人食辣椒，简洁的俗谚里，却是隐含着农夫对老黄牛深至入微的体贴。

"雨露之所濡，甘苦齐结实"（杜甫诗）。一望无际的关中秋野上，连垄的庄稼、井台旁荫翳的大树之外，童儿眼里，就是这不入成人眼线的闲花野草了。野草是大地的皮肤，能调节土壤空隙，能增加土壤的有机质，与庄稼生长是相辅相成的。

而今的城市讲究美化环境，提倡种花种草，不论是本国的还是进口的，种植之后，得浇水、施肥、修剪，呵护的繁杂远胜于田禾，虽然翠色茸茸，花朵艳丽，却不宜称之为闲花野草了。原野上的花草是顽强的、坚韧的，冥顽清旷的野气，正是大自然所固有的淋漓元气的再现。

我是早早就离开了故乡的，捻指间，50多个春秋往矣，记忆中的许多人与事飘散得无影无踪，而故土上的那些闲花野草，依旧在我的梦中摇曳。

西邻·南邻

西邻

我家门朝西开，董克选与我家隔一南北小巷，门朝南开，也算对门而居。

此人身材魁梧，虎背熊腰，庄稼地里是一把好手。新中国刚成立时，村民选出三位人民代表：黄国山、董克选和我的父亲。合作化以后，国山当了生产队长，我父亲做会计，克选是普通社员，就一心一意地侍弄庄稼。生产队器重克选，但凡技术难度高些的活路，都让他出马领头。因为勤恳能干，又舍得气力，克选一家的日子便格外地活泛、滋润，每当饭时，巷道里若有油香浮动，十有九是从他们家飘荡出来的。那时节，有油香能逸到街上的人家，非常罕见。

1965年，农村开展社会主义教育运动。工作组进村时，首先讲究访贫问苦、扎根串联。国山与我父亲中农成分，又是多年的村干部，属于运动的对象，而克选是贫农，加上有威信，口碑好，工作组那个姓苟的队长就相中了董克选。工作组起初动员他带头揭开村里阶级斗争的盖子时，克选捏住长烟锅杆子光抽烟不表态，他不想与贫协那伙人往一块掺和。苟队长是从省城一家报社抽调出来的，工于心计，善做启发工作，分别让人先做通了克选的妻子、儿女的工作之后，他又耐心地与克选交谈，声称这是一场新的革命，下一步的收获是超出想象的。三番五次，内外夹攻，终于将年及半百的克选给怂恿起来了。

这号人是不动则已，一旦出马，运动中可是了不得的角色。

村里人谁也想不到，这个平时只知埋头干活而不吭声的人，突然间戴起了一副深色墨镜，与工作组的人并排坐在一块，他的记性相当好，账目算得格外清，拔下吸旱烟的长烟管朝被批斗的人一指，厉声质问上三五句，被斗者即无异于铁板上钉钉，盖棺定论，会场上的气氛也就急骤升温，一伙积极分子便一哄而起，跺脚挥拳，恨不得将国山与我父亲这些"四不清"当场砸成肉泥。

克选的妻子也一反常态，喜欢坐在自家门口的青石碌碡上，以审视的目光打量每一个过往的人，连贫协主席看见她，也颔首赔笑，以示恭敬。运动掀起时，对所有干部统统是"有枣没枣先搦三竿"，斗罢这个整那个，凡是当过几天干部的，简直没一个手脚干净者。台上批斗谁，克选的长女就领一群积极分子蜂拥而上，恶语詈骂，戳戳打打，俨然是充满阶级仇恨而怒火中烧的一员女将。苟队长与工作组的几个人，每天就在克选家里用饭，顿顿炒鸡蛋，隔日支油锅，与这户人亲如一家。苟队长与其长女更是超乎寻常的亲密。

政治运动，不能不向前发展。运动渐至后期，工作组对洗手洗澡的干部逐条落实其罪状时，竟连一条也无法坐实。比如经济账，单是国山与我父亲的"贪污"数字，合起来比全村历年的总收入还要高出许多。

于是，苟队长他们的工作重心便暗暗地开始松动。

有天中午，苟队长他们正在克选家里吃鸡蛋小蒜摊白面煎饼，克选的长女走了过来，对着苟队长不高兴地撂了一句："你们工作组，怎么越来越软蛋，有时候咋连个竿竿也肘（擎的意思）不住呀？！"她的意思是，他们家给工作组提供的内幕情报，有些话怎么不明不白地就让被告给知道了。反馈回来的，有的就是从董家发出的原话。苟队长他们被重重地噎了一下，勉强结束了这顿午餐。苟队长起身时，只撂了一句："晚饭别做了。"此后，再也不上克选家来了。

工作组不再依靠克选一家，也就罢了，不妙的是，原先被挨个儿整过的干部，却渐渐地成为工作组的依靠对象。原因是"搞过三竿"、经受检验之后，工作组才发现国山及我父亲这班干部是真正的好人，如不依靠这类好人，工作组日后怎么谢幕下台、卷旗收兵呢？

后期核定阶级成分之时，村里几百口人众口一词，连从不出门的小脚老太太也让孙儿扶着去寻工作组告状，一致咬定董克选家应定为漏划地主，老年人提供了许多董家在解放前雇长工的情况，直让工作组瞠目结舌（实际上，克选倒是在解放前给人拉过长工）。

开大会斗争董克选时，男女老少全出动了，人们义愤填膺，气氛之热烈空前绝后。苟队长在会上总结时说道："社员同志们，群众的眼睛是雪亮的。我们工作组前一向深入调查研究，在董克选家里吃饭时，我就觉得这一家很不像个贫农。他家顿顿端上来的饭食，碗里漂一层油花花，吹都吹不开。我在城里大机关都吃不上这么高档的饭食。请问贫下中农，你们谁家能拿得出来呀？就这样，出于阶级本能，他把村里的好干部诬蔑了个遍；照他说的，这村里除了他们家，没一户是好人。他那个驴日的女儿，对我们工作组还说三道四、风言冷语……"其实呢？为了给工作组备好饭食，克选老婆私下从娘家、亲戚家借了不少的粮油与现金。

克选家的主要房产被查封了。克选本人霜打了似的一下子蔫了，被迫戴上"地主分子"的白袖箍每天清扫街道，街道虽被打扫得风吹一样干净，村里老少仍视克选为一摊臭狗屎。

工作组又称"工作走"，工作一结束就得走。克选的大儿子早订了婚，女方要吹灯；长女人样不错，外村有对象，那对象提出要退婚；三女儿见村里没法待，以出嫁为名远走云南，后听说客死于异乡。当初挺像样、挺安逸的一户小康人家，就这样莫明其妙地散伙了。

拿破仑早就有话："孩子的命运是父母创造的。"

工作组走了，那些干部各回自己的原单位。国山与我父亲照旧当村干部。我们村在社教中只补了两家漏划，正好是我家的南邻与西邻。

社教是"文革"的序幕。我进城上大学时，学校距苟队长所在的报社不甚远。"文革"开始后，报社有位朋友告诉我："曾在你们村搞社教的那个苟队长，是个'三反分子'，报社给揪出来了。胳膊上套个白袖箍，整天打扫报社里的公共厕所，连女厕所也必须打扫。"

南邻

杨学章，小名肉手，与我父亲年岁相仿，虽是本家（同族）人，若论辈分，他应称我为"叔"。我小他30岁，平时见面，也不便直呼其名，彼此心照不宣，说话时不附加任何称谓，这叫"搭白话"。

学章家的二门楼青砖到顶，墙额上刻字雕花，一墙之隔的我家是土门楼，门扇破旧，开闭时吱咯作响，门缝咋也合不严实，比"柴门"强不了多少。"冰冻三尺，非一日之寒"，这两相比照的门楼也能反映出富户早婚而逐渐形成"人穷班辈高"的巨大差异，我的辈分高，证明着家底贫困，由来已久。

我父亲与学章都是自乐班成员，逢年过节许多村庄合演秦腔，我父亲是拉板胡的一把手，学章只会在边上敲梆子，偶尔登台，也必扮"员外"角色，扮相天成，他具备那一等富贵气质。我父亲则不然，演《拾黄金》扮满面烟灰的乞丐，本戏里如果偶尔缺个应景的帝王，他也就临时穿上蟒龙袍，充当上两分钟的皇上。

学章的大儿与我同岁。他们成年人年节时登台，我们一伙看惯了，就用锅灰涂脸，苞谷缨当胡须，柳条编头盔，学那两军对阵的武打场面。他们家大门与二门之间有个略为宽敞的院落，不大不小，作"戏台"正合适。有一天，我们分成两伙，以剥光的高粱秆充大刀长矛，正在他家院里打打杀杀，厚重的二门从里边拉开了半边，学章瞄了一眼院落，不声不响退了回去，门轻轻地掩上了。童儿们见大人没有训斥，彼此使个眼色，又大喊大闹地"厮杀"起来。虚掩的二门忽然打开，学章站在门阶上，右膀猛地挥动一竿红缨长鞭，"叭儿"一声，照他儿子头上就闪了个花儿，儿子"呀"的一声惨叫，冲出大门跑到了街上，学章一转身退了回去，门扇又轻轻掩上了。我们一窝蜂拥出大门，见他儿子紧抱右手连声唏嘘，泪流不止，大伙一看，他手背上爆起了一寸多长的一道蚯蚓似的红痕，那皮制的鞭梢正好抽在他方才舞弄高粱秆的手背中央。

赶车送粪，下地干活，学章很能吃苦。他家地亩宽展，有几头骡马，有一架浇地水车，村里的地主富农土改时全被打倒了，学章家这兴旺的景象，在我们30多户人家的村庄里是很令人羡慕的。那时办互助组，我们本族六户人家自愿形成一组，夏收大忙时联手攻坚，人多好干活，一户挨一户收割庄稼。别的五户人家，轮到为谁家干活，午饭不是酿皮子就是红辣椒油泼面，再不就是油旋锅盔加上韭菜炒鸡蛋，户户全力以赴，让屋里主妇端出了农家一流的平时罕见的"咥哑"（饭食别称）。每当轮到学章家，要么是一大盆浆水面，要么是一大锅苞谷面漏鱼儿，学章在边上再三地提示众人:"这几天热得够呛,成天又吃干的、辣的,我家这饭食败火、解渴、消乏。吃吃吃,大伙放开吃!"我父亲从他家返回家里,总要让母亲另寻吃食,补充肠胃,他担心干活时气力不济,落于人后。

新中国成立后进行土改,工作队住在学章家里。学章家待工作队为上宾,尽量拣好饭食朝上端。定成分时,他家被划成上中农。我们家开始定为贫农,父亲成天找住在隔壁学章家的工作队,要求改成中农,因为奶奶说"贫农"听起来不好听,下中农又与贫农连着,将来给娃娃们说媳妇,人家一听这个"贫"字,心就凉了。

有一天干活小憩时,学章见我与他的儿子在一块玩耍,他看看儿子,伸出一只大手摸摸我的头:"你呀,这辈子就釜(陕西方言,意为'定型')了,日后只能长成西巷栋他爷那样个铡墩个儿(栋他爷在村里个头最矮,才四尺高),这辈子要找上个媳妇,难哪!"学章那个话,当时闹得我老不高兴,生了半天闷气。

学章的儿子结婚是比我早好几年,娶的妻子名叫银瓶,高挑个儿,粗长辫子,皮肤白皙,眉眼俊俏。问题是她那个头儿高过丈夫。而我,也不是学章所断言的铡墩个儿,比他儿子还要往上冒出半寸哩。

银瓶进门几年后,社会主义教育运动开始了。学章家被定为漏划地主。群众大会上斗学章时,学章对工作组极端愤慨,据理力争。工作组的领导姓苟,学章对他反唇讥讽:"我年过半百,经的事多了。我服的是共产党的政策,不是服气你姓苟的。你横眉立眼地凶狂什么?能一口凉水把我杨学章吞下去不成!"他的家产被分了,砖瓦大房查封了,学章夫妇与小儿住进了偏间厦屋,银瓶两口子住进了前院的土坯磨坊。雕花刻字的青砖门楼自上而下斜睨着磨坊矮小的土门,似乎难以理解这样的变化。

学章本来就有挺不错的木匠手艺，农闲时重操旧业，常去外村揽木工活干，半点富户小财东的架势也没有了。

一个清冷的霜晨，他背着锯、斧、锛、凿去南畔段家庄做活，途中上一个缓坡，忽然扑倒在地，爬在半坡大道上就再也不动弹了。村里有早起的人远远看见，急忙告诉了他那两个儿子，但人已经咽气了，儿子用一辆小平车将父亲拉了回去——学章个头长大，身子被搁在车厢里，双腿耷拉在车尾，一双厚实的老棉鞋拖在大路上，尘土里划出了长长的两条印痕。

回禄小记

半个世纪前,夏忙后的一个黄昏,放学回家,我刚搁下书包,滚滚浓烟突然从后窗棂、后檐缝扑涌了一屋,刹那间什么也看不见了,一家人被呛得连连咳嗽。街上传来惶急的呐喊:"着火啦!库房着火啦!……"我家后墙外隔过一排榆、杨间杂的树林,就是生产队的库房、农具房及绵延南接的几十间饲养室。村街树丫上的铜钟"咣当当"响了起来,屋里太呛,我连忙朝门外摸索。

库房那边火炷冲天,房顶为麦草苫遮,火焰便像腾空而起的一条金色蟒龙,"哔哔叭叭"抖动着、翻卷着,就近处翠茵茵的树冠被激撼得一摆一摇,摇晃中像是蘸染了幽幽的油脂,枝叶间窜动的火苗一绺绺狂抖着朝顶梢上飞燎,四近拢来的风,旋向火龙的底部。空际的一抹白云被映红了,像王母娘娘硕大无朋的一袭纱巾。

我家后檐外的一排树木牛腿般粗,六七株已被锯倒在地,只立着半人高的树桩。父亲与隔壁的学章一拉一送,正气急败坏地掣动着大锯,将另一株往倒里伐。学章木匠出身,虎背熊腰,黝黑的膀子上绷紧着腱子肉，瞪直了眼眶……

俗话说"亲戚远离乡，邻居高打墙"，那时节，我两家的关系有点酸。村里进过工作组，认为我们村在旧社会底子厚，需要政治补课，必须搜腾出几家"漏划地主"才行。学章家当殷实，村里那个在"运动"面前一贯积极的姓杜的贫协主席，以"转悠"为词，特意进学章家踏勘过两次，学章有点坐不住了，就谋算着将屋上厚厚的楼板揭下来，趁后半夜人静时，从隔墙转进我家暂行藏掖。野外的黑地里，学章与我父亲蹲下商量。父亲回说："杜贫协到你家踏摸过了，你说他一个劲仰头往上边瞅。楼板是明眼货，你这样一折腾，不是没事找事，明明地捏个虱子往光头上搁嘛。"学章不吭声了，使劲咂了几口烟，沉着脸走了。眼下是火烧眉睫，倘不锯倒这排树木，火焰会踩着树梢扑上两家的房顶。而解板用的大锯，一个人又没法掣动，俩人只好合作。

闹翻天的是起火处。库房前那口水井被焦灼的火焰镇住了，谁也近不了跟前。远些的水泵打开了，男女老少，瓢盆桶罐一起下，连舀带刮，闹成一团蜂窝。半桶泥浆水递上土墙，泼进火里，连一丝白气也不见，麦秸火太暴，真真是杯水车薪。墙头上站着一溜人影，焰势轻轻一燎，忙捂住脸下饺子似的纷纷下跳，火光更加分明地映照出墙头上坚持着的几个矫捷、奋勇的身影，四个小伙，一个短发齐耳的姑娘，他们是临近几个村庄的，是常在群众场合露脸的党员。

我们村也有两个党员哩，一个去外地出差了，另一位就是个头居中的"杜贫协"，精瘦，脚底下却利落得很，火光下呈猴形，一忽儿由这侧闪出，一忽儿在那边亮相。他忽然一把揪住我，压低嗓门急急地布置"任务"："乱得很，乱失塌啦！你搁下盆，从暗处监视住那三个下放干部！""怎么啦？"我不明白。"火就是从他们住的房子里蹿起来的，说是熏蚊子熏着了墙角的麻杆子，火就上去了。他们要是趁这个乱劲跑了，明日个咋说得清白呢！"我没理他，拎着水盆挤近水坑……"嘎剌剌"一阵巨响，饲养室与村庄之间的大树又倒下了一批——切断火路，才能保住村庄，人们已经意识到库房与饲养室是保不住了。

穿过树林，左上方传来隐隐的声音，向高处看去，学章家往南隔过七八户人家，是一户姓贾的，贾家后墙外桑槐密集，丫杈横斜，一时节砍伐不倒，贾家人众搭梯子登上了房顶，烁动的烟火中，只见好几条鲜艳的花被披搭在大房的后檐，大半截掊铺于瓦上，小半截悬吊在空中，那年逾花甲的老父亲跨骑在屋脊上，伸长手臂大声指挥，让众弟兄将媳妇、女儿传上来的脸盆、瓦罐、木桶里的水"哗哗"地朝被子上泼洒，厚棉新被，吸水性能超强，浇上去许多，下悬的一边也不见水珠下滴。这贾家，平时不显山露水，那白须老父蹲在门口吃饭，大瓷碗里的野菜叶儿稀溜溜转，谁料想火光之下，花被儿竟如此富胎。

拧身走得几步，街道边上一块高些的平地上，黑压压跪着一片祷告的老太太，双手合十，念念有词，熠熠红光里，满脸的泪水亮晶晶的；后边略暗处，竟杂有地富家里常年蛰居的老太太……

翌日早上，村头灰黑的废墟里依然逸动着缕缕青烟。下放干部居住的东北角小屋，不知从哪儿买来的一辫辫新挖的大蒜、新摘的南瓜，全烤焦了。有几个小学生拿细棍儿拨拉出来，嘴唇儿吃得黑乎乎的。午间散学，邻村的同学叽叽喳喳地议论："村里那火大呀，昨夜里把我家的炕都照亮啦！"

进得家门，学章正和我父亲坐在院里说话，邻居间突然又恢复了从前的热乎劲儿。学章翻过脚掌在鞋底上搕着烟灰，说道："那三个下放干部，方才被公社派出所叫走了。他们的铺盖卷烧成灰了，临走时是从场边麦秸窝里钻出来的，蓬头垢面，跟叫花子一模一样。咳，倒霉！"

"听说那几个干部也是党员。前一度割麦碾场，很能下苦，扑着身子干活哩。熏蚊子嘛，也是无奈，蚊子太凶了。"父亲回答。

学章斜斜地靠近父亲，音腔压得很低："咱南巷那个姓贾的，把麻缠事给惹下啦：满院里绷绳子晒被子哩。今日上午，我看见杜贫协从他那门口经过，扒在门缝朝里边瞄了老半天！"

意外灾患，猝然而降，容不得人们粉饰作伪。这场大火，有点像技法高明的一位画师，寥寥几笔，便迅速勾勒出村庄里诸多灵魂的本相。望着学章，父亲笑笑，故意地岔开话题："我最操心那四十几头牲口。砍断缰绳后，全都跑出来了。咱们庄稼人，可是离不开牲口噢！"

第四辑　月上柳梢头

人约黄昏后（二题）

树底

军人四海为家，从西北军旅退休以后，携家东迁青岛。转眼间，离开关中故乡50多年了。步入老境，身边只有个老伴，让我时常想起故园热土。

骊山华清池西边20里地，当年有一座中型规模的军用机场，我们村就在机场与西安省城之间。村庄二十几户人家，屋舍俨然，四围被荫荫大树笼罩着。村庄所在位置的上空，恰巧就是机场飞行训练时机翼倾斜着转弯的地方，是一架架飞机自东北旋向东南而回落机场时的最远的位置。因为飞行高度有限，轰鸣如雷，地面上疾疾掠过的机影比碾盘还大。夜间训练时，飞机探照灯那一柱强烈的光芒不时地投向地面，掠过村庄上空时，满院子瞬息间被照耀得一派通明，闪电一样雪亮亮的。因为训练频繁，庄稼人见惯不惊，也就习以为常了。

我的老伴，是在不到10岁时，从秦岭山区迁居到我们村的。我与她说不上什么青梅竹马，初始印象却是在这里留下的。

　　村外四围是连绵的玉米地，东北角不远处的青纱帐里，有一个不大不小的土包，土包正中是一株半搂粗的柿树。"人约黄昏后"的初恋，是人生中浪漫与甜蜜的巅峰，约会地点就应当是一株亭亭玉立的树下，此树不宜太粗、太老，也不宜过于低矮细嫩。这距离村庄远近得宜且又风华正茂的大树之下，无疑是我与她相会的最佳所在。

　　那时的乡村之夜还没有电灯。青纱帐里，人静月当空，夜深花有露，爽籁发则清风拂动，细虫鸣而自含韵致，树底下微妙会心的交流，能收获最为珍奇的惊喜。忽然间，"嗡嗡"声从东北方向自远而近，飞机上那束光柱前后左右连连挥动，离我们村子愈来愈近。抵近柿树上空时，那束光柱竟斜斜地伸进树底，照见我和她时，忽地增大了亮度；飞机很快从树顶掠过，可刚刚闪过树冠，那束光柱又从机后倏地伸将过来，仍旧直直地罩住她和我！天噢，我从来没有遇见过如此强烈的灯光，照亮了树底的凝视与微笑，映出了她眸子深处爱的波痕。就这样，从树冠的这一边直照到那一边，灯光纹丝不动，足有四五秒钟。

　　初涉爱河，有谁能不忌讳旁人呢？事情过后，我在思量：在那个飞行员的飞行生涯里，这或许是他印象最深刻的一帧画面了，魔术样的灯光盯住树底，清清楚楚，须眉毕现，作为旁观者，分享了他人的欢乐与幸福，或者，只是在天旋地转之际开一个善意的、游戏式的玩笑罢了。几十个春秋往矣，不知飞行员是否还记得树底那不轻易示人的一幕？那一闪而过的青春影像，是否也勾起过他自己甜蜜的记忆？

　　岁月不居，城市建设迅猛扩张，我那村庄及许多故旧亲朋早已烟消云散，而这一帧特殊的画面，却还留驻在我与老伴的脑海里。人的一生，有什么也不如有个好伴侣。进入暮年，记忆力衰退，可正因为与老伴日夜相守，让我总记起这遥远的瞬间往事。

稿酬

祖辈务农，家里没有出过读书人。我的前半生里，就没有听说过写的文章变成了铅字会有稿费，不知"稿酬"二字为何物。

学校毕业以后入伍，赴各地采访，反复修改，少儿出版社于1982年出版了我写的9万字的纪实文学《罗盛教》，而且很快寄来了600余元稿费。这是我第一次用笔耕耘而收获的像样的劳动果实。随军到部队不多久的老伴，见我喜滋滋的，便笑眯眯地提议："用这些钱买一台九寸的电视机吧。"见我不吭声，她又补充："你这书稿的最后一稿，可是我一笔一画抄写出来的，电视就算是为我买的，全家都能看。"

我说："等一等吧，等钱攒得多一些了，买个大些的；待咱日子宽展了，说不定还能买个彩色的呢。"那时的彩电，可是稀罕物。她说："我这一辈子，能有个黑白的就很知足了，再无所求。西安产的海燕牌电视，正好600元一台，人家好像就是为咱家定做的。"

在妻子面前，我是个软耳朵。想到她高中毕业后在农村长年吃苦，而眼下携儿女随军，温饱不用犯愁了，便认可了买电视机的事。对我们的小家庭而言，这可不是一桩小事。

转眼之间，36年过去了。今年4月，《解放军文艺》刊发了我的一篇散文《女子与战将》，编辑部很快寄来将近4000元的稿酬。此文万把字，字数是《罗盛教》一书的九分之一，稿酬竟这么高。

这笔钱是汇到我的银行卡上的，我干脆默默地打了埋伏。

其所以不愿意告诉老伴，一则如今生活无忧，4000元已算不上大数目；二则想到她不守信用，30多年间家里的电视机换过不下10台，上台阶似的一次比一次先进、时髦。人的爱好也是物极必反，现在她又嫌电视大了，转移精力玩手机、弄微信。在微信的使用方面，我很笨拙，玩不转时只好向她请教，她无形中已成了我的"导师"。眼下将这宗小事付诸文字，写成短文，即便发表了她也很有可能看不到，她专注于微信，无暇关注纸质传媒。

"晚年唯好静，万事不关心"，可我又觉得，时代潮流在不断变迁，黄昏晚景里的老人，活到老，也要坚持学到老。而今，我笔底滞涩得写不出什么了，倒是很需要搁下笔杆，与老伴一起多看看外面的世界。

春水一畦辘轳声

　　山里人靠泉水生活，我们平原上的人靠井。

　　半个世纪前，八水仍绕着长安，井水水面离地表才五六尺，秋雨时上升三四尺，有的人家浣衣洗菜，伏在自家井沿伸长手臂，就能拎一桶清水上来。

　　无垠的田野上，绿树井台合，哪儿若是耸起一团绿云似的高树，其下必有一口椭圆形水井。青草茸茸的井台位于地亩中央，远看是处于一马平川之内，实际微微上凸，是四周田亩无形的一个制高点。

　　我家在村东有一口井，井台周围植有七棵杏树，最粗的一抱合不拢，更粗些的槐树、柳树，间杂于杏树之间。暑天旱季是井台上最红火的时日。平常人家，是用临时撑架起来的辘轳绞水浇地，牛皮绳在直径九寸的辘轴上缠绕十余匝紧相排列的圈儿，空桶"哧溜溜"下放，吃满水时"吱扭扭"上绞，每桶水百余斤重，"哗"的一声倒进砌好的水池，任它由渠口冲入渠道，蜇进高可没人的青纱帐里。青纱帐里有老者持锹看水，一畦一畦逐次灌溉。绿禾似海，密不透风，暑气蒸腾，看水之人大

100

汗淋淋。

　　在我成家半年时，曾与二十来岁的妻子在水井两端各守一架辘轳，面对面绞水，她那水桶比我的略小一圈，我这桶水翻倒进池时，她那空桶正好放至井底汲水。两只桶一起一落，需搭配有序，速度恒稳，长长的渠道里才不会断流，畦垅之水也才能缓缓漫进，让禾苗润透饮足。偌大井台上只有我和她，她著一袭淡红碎花薄衫，我则赤膊上阵，一边绞水一边随意说笑，配合默契，两只水桶交替均匀，上下若飞，桶粗水满，我俩额头、鬓角淌着汗水，裤管高挽，两双赤脚浸在沁凉的水池中。头顶有荫凉遮蔽，微风轻轻拂动着树梢，池里湃着祖母从园子里摘来的西瓜、黄瓜、甜瓜与蟠桃。池里每进一桶水，瓜果们便要欢舞庆贺似的忽上忽下，翻转沉浮一通，天宫王母娘娘宴会上的仙苑珍品，也比不上这些池中物碧脆鲜美。"哗"然而有节奏的水声里，笑语阵阵，高蝉鸣于树，小鸟饮于渠，不知不觉便浇过一二亩庄稼。劳动可以为人生编织出最美的花环，辛勤劳作本身就是尘世间最生动的图画，不似七夕又胜于七夕……

　　岁岁年年，转动不已的辘轳显示着人们的意志和力量，人越是勤快，足下这滋养万类的水井越是不会干涸，反而愈淘愈旺——只因连续取水，水位下降，井内水压减弱，底部那泉腺会受到四方地下水勒逼之威，冲压而后畅达，暗泉自动疏通。这样的水井酷肖于人的生命，有志者愈勤奋、愈努力，愈是探测不来自身蕴有何等厚重的能量、多么雄浑的潜力。

　　我家院落里的小圆井与田野水井是沟通的。小圆井旁供有尺许高的龙王爷拓像，每逢春节，祖父、父亲都要点烛进香，叩首礼拜，那一缕细细香烟袅袅起升，逸过房檐，飘往田野那井台方向去了。老辈人认为，井底的水眼水脉与大海龙宫相通着哩。

　　地下水脉辽远，流动而鲜活，井台之花早绽于东风，别处花树才孕

101

春蕾，这里的杏花已经粉弄弄湿润润地像一团从天际卷过来的水红色的烟雾。同时栽于别处的同一种树，3年以后，井台就近的明显生机勃勃，茁壮许多。秋风落叶，别处已落净了，井台之树仍迟迟地挑着几串黄叶儿……庞大的根系纠结盘错在井台地底，广摄养分，先汲活力，新陈代谢中与众不同，春秋换季时也便自树一帜。树犹如此，长饮井水之村野人家，岂能例外呢？

半个世纪过去，关中地下水位降落得厉害。绕长安之八水中曾有灞水，我们家就居住在灞水边上。麦收天的傍晚，辛苦一天的人们经常下河洗澡，洗去风尘，也洗去疲乏与劳累。后来是洗不成了。先是上游有了工厂、电厂，水面上漂动着颜色怪异的一绺绺油腻，而今索性萎缩成臭不可闻的一股马尿……河已不成其为河，长安八景之一的"灞桥烟柳"早已烟消云散，两厢那绿云掩映的水井还能设想吗？人们吃用的已经是自来水了，名曰"自来"，实际是从地下数百米处钻出来的，是从龙王爷的血管里强行抽取的；至于水质，只恐怕也不能与当年的乡井之水相提并论了。

我在异乡工作几十年，年逾花甲，落叶应当归根，而故乡水位跌落，好景流散，骤增的后代四处迁徙，我还能有根可归吗？

西瓜轶趣

瓜有多种。黄瓜，老熟时通体呈金黄色；冬瓜，利水消肿，能够入药，外皮厚实，可以窝冬贮备；南瓜，原产于亚洲南部；而西瓜，可能原产于非洲，又从西域传过来的吧；北地趋寒，就不产什么瓜了。

父亲在世时，种西瓜很在行。从小经见，使我对西瓜的经营也略知一二。春气欲动时，便将去年预留的瓜子儿，用干净白布松散包存，隐藏搁置于锅灶连接土炕的通道上方，时时洒进温水，保持润泽，促其萌芽。待小芽爆出成寸时，捧上田野，就让芽头儿朝上，一朵一朵地埋进先就备妥的沙沟里。沙沟与沙沟之间距离开阔，留做下一步扯蔓坐瓜的场地。小芽落地，须担着水桶一瓢一瓢地灌溉，人得猫下腰，水瓢低旋，让瓢中水在空际旋成透明伞状，不轻不重地均匀地洒进芽窝里才行，用力猛了，会打断嫩芽，若照着芽窝倾壶式下注，水线会冲离细沙，暴露根芽，太阳直照就晒死了。

嫩芽渐长而扯蔓，蔓子会越扯越长，待到蔓长逾丈而开花坐果时，应在半中腰五尺处仔细地选择一枚模样周正的乳瓜留下，且用特制的瓜铲在瓜的底部修建一平整的枕头状土坎，将鸡蛋大的乳瓜头朝下斜、蒂儿微微上翘地摆放妥帖，日后才能渐渐地结出个形姿匀正（不致呈偏头怪相）的巨瓜。长长的蔓上绿叶笼罩，全蔓是仅留一瓜，接近于根部的根瓜及越蔓超前的梢瓜，不论多么茸嫩诱人，一概得割爱掐掉，为的是让瓜秧集中全力，攒聚成一个二三十斤重的大家伙来。

因为集中了所有的精力，瓜熟季节，蔓子变细而叶片见疏，从地头乍然望去，遍地耸起的是胖嘟嘟的猪崽样的西瓜。倘有小偷夜间进地行窃，且不论其抱得起沉重的瓜，单是在黑地里撒腿奔逃，也要被绊个鼻青眼肿的。小时在瓜庵里听爷爷讲古，说是东吴的陆逊进了诸葛亮摆下的八阵图，就被那西瓜样的石头绊得晕头转向。

父亲吃西瓜也与人不同。一个月夜，他与我在地头杀瓜吃，我一块瓜才咬第三口，他手里的一块已经扔下瓜皮，动手取另一块了。我留意看：一块瓜从他右嘴角缓缓进入，左嘴角掉下来的是一枚接一枚的连线不断的黑瓜子儿，红瓤瓜汁一滴不漏地进了喉咙，一块瓜三过其口，就只剩下一片"西瓜翠衣"（中药铺对西瓜皮的美称）了。父亲的这一手，与他的种瓜技术同步，外人是学不来的。我试着学他那样儿，舌头乱搅，瓜汁外流，反而将瓜子儿给咽下肚了。

我后来入伍，有一度在宝鸡市的部队机关里供职。

夏天，一位朋友特地来看我。碰巧机关的服务社从大荔运来了一批西瓜。大荔的西瓜挺有名，用以招待朋友再好不过。可又听同事们传说，这批西瓜价钱合适，问题是三个里头有两个未熟，切开后是黄子儿白瓤，吃不成的。我想了想，还是去看看，好歹挑上一个吧。进得服务社，墙角只剩下一个瓜，别的全被人们抱走了。几个服务员似笑非笑地望着我，不言不语。此瓜硕大，少说也在30斤以上，数百个西瓜被人们掀来翻去，摸、压、拍、听，来去比较，剩下这最后一个，不知被各种巴掌敲打抚弄过多少遍了，可它依旧是绿如翡翠，静若处子，静静地守在原地，目不转睛地注视着我……

我咬着牙将此瓜抱回宿舍，抹净桌子，揩净借来的长刀，一刀切开，籽儿黑于漆，瓤儿红似锦，从里到外成熟得恰到好处……瓜太大，我俩打发不了，便招呼别室的同志们过来帮忙开销。大伙吃得赞不绝口："大荔的西瓜，果真名不虚传。"

也有人对我发话："服务社进的这一批西瓜，这是挑梢拔尖的那一个，多少人千呼万唤，无缘觅得，怎么让你给抱回来了！"

说什么好呢？我只能傻笑着说："是我的这个朋友福气大，老天爷专门给他留着哩。"

朋友笑答："我早就听说过，你父亲在你们那一带是个种西瓜的把式。有乃父必有其子，你当然是挑西瓜的高手了。"

大伙齐声叫道："好啊、好啊！不知道你老杨还留有这一手，往后服务社来了西瓜，你就为我们挑选。"

这可真教我哭笑不得了。儿时在家乡，我可从来没有向父亲请教过怎样挑选西瓜。因为我记得，父亲无意间给左邻右舍的乡亲们说过这样的话："对于西瓜，除了种瓜的人用日月来掐算之外，神仙也猜不来生熟的。"

单车野史

半个世纪前,除四时八节走亲戚之外,庄稼人从早到晚在田地里忙活,不大出远门,一来钱短,上路花销不起;二是农活缠人,摊不起闲工夫。村里个别"不成器"的瘦鬼,动不动背个鸡笼匆匆上路,人们便赠他一个外号:二流子。让那封号鸡毛似的沾着他的鸡笼,晃晃悠悠地远去。

自从自行车兴起以后,情况有变。常见那些喜期在即的恋人或者新婚燕尔的小两口,喜欢同骑一辆车子出门。城里不许骑车带人,乡下野旷路平,连下乡的警察也笑眯眯地带人哩,谁管谁呢。

小伙儿带上个姑娘,仿佛仙人点开了窍道,眉开眼笑,浑身冒劲。他蹬着车儿,却是热切地感受着身后,只冲着迎面过来的陌生人微笑,笑意里的一股子眼神是:"朝我身后瞧瞧,多俏个人儿!"车轮飞快,卷动一路旋风。身后那女子粉面含春,有意回避着路人,只把脸颊避风似的躲藏在他的身后,头上粉红的纱巾,像一缕燃烧的云霞在簸荡、颤抖;并拢的双脚微微翘起,精巧的单鞋,像两叶彩蝶掠地相逐;细密的牙儿咬住纱巾的一角，纱巾笼住一头乌发，遮掩了多半个脸庞，四野无风而车上生风，风儿朝后一绰，纱巾、秀发打一个忽闪，又似乎什么也没有遮着。路人还没看清她那眉眼，车儿就倏地掠了过去，身后只拉开一缕馨香……闪在路畔的老者，双眼迷离，禁不住仰天张口、猛个儿地连打几个重重的喷嚏。

倘是婚后年许，骑车上路可就稳实多了。车后依然翠鲜，却多出一轮雨霁新月似的婴儿脸庞。母亲自在地半倚于丈夫后背，对婴儿甜甜一吻，婴儿盯住上方清湛湛的两颗"星星"（是娘的明眸）嫣然而笑，这笑靥是一面神奇的镜子，女人从中窥见了自己清俊妩媚的面影……自行车像春风里的燕子，滑行极稳，使劲蹬车的男儿不回头，有人要叫"爸爸"了，他得意地分享着"收获"的喜悦。

黄土村路，有坎坷，也有旱天浇过水的浅沟。车上快活得忘乎所以，一个坎儿蹦，车儿常常就翻了。路不宽展，一翻就倒进平崭崭的庄稼地里。好在土地疏松，这一跤朝前扑下去，总是男儿衬底，女的平压在他的身上，纯粹是一场虚惊。搂抱婴儿上路，偶尔也有翻车。倘是冷不防弹扔了襁褓，滚地的小两口"呀"的一声抢住孩子，看裹在花毯里的"宝贝"摔着没有：仄耳静听，若是襁褓里依旧是细鼾匀匀，四目便相视而笑，笑着笑着，妻子又噘嘴抱怨："呃，吃饱了，光知道个睡，天塌下来也不管。"怨到这儿又瞅住丈夫，"憨货！你看看像谁？！"望着忽惊、忽喜、忽娇嗔的妻子，细汗茸额，他咧嘴笑了："种瓜得瓜，种豆得豆，你说像谁！"

那时节成婚，女方进门之前，提出的条件是男方要备齐"三转一响"，一响是收音机，三转是手表、自行车、缝纫机。农村务实，手表几乎没用，常常只是缝纫机与自行车。自行车两轮，这单车必须是崭新的（旧车后辀辘时有停转之虞）。农村那时只求温饱，能备办三转一响的人家有限。所以小两口在启程上路之前，就向街坊邻里打主意，而且一定要物色崭新而"加重"的：要么"飞鸽""红旗"，或者"永久""凤凰"，津沪两地的牌子硬。你想想看，一对新人兴高采烈出门去，弄个车铃不响、浑身上下却"咣唧唧"乱响的破旧玩意，成何体统？更要紧的是放心，一男一女二百多斤，车轱辘不出故障那才叫遂心。

庄户人家是勤谨、诚朴的。这新车借到谁家，谁家会十二分作难。拒绝吧，新人喜事，无论如何拉不下脸；借给吧，明知道车子要超重负荷，只说是出得村庄，小两口绝对不会"安宁"。结果呢？不管心里怎么麻缠，车子还是高高兴兴推出来的。庄稼人置一辆新车，锅沿碗边，东抠西挪，谈何容易。自行车上路插上了快活的双翼，车主家的这一天，心里总是惴惴，期盼着小两口"平安"归来。

自行车兴起以前，土路上爬行着"地老鼠车"，小木轮儿贴地滚动，车上铺垫一领旧棉絮，盘腿坐一位瘦筋筋的老人，老人一路上不敢伸脚，一伸，布鞋就让地皮儿搓掉了。儿子猫着腰推掀挺进，汗水淋淋，小车"吱扭扭"尖叫，噪声刺耳。那时的小两口上路，时见骑毛驴的。黄牛、黑牛、花牛，庞大笨拙，犁地、驾辕是骨干，骑上走亲戚却失雅。骡马性野，有时不听指挥，也不好办。唯有驴儿驯顺，乖觉，新妇铺一叶红毡坐上去，丈夫折一枝绿树条儿吆赶着，四蹄殷勤，野旷风轻之处，努脖子吼一板"秦腔"，驴蹄步步合拍，随驴晃摇的新娘抿嘴儿浅笑，两颊是好看的酒窝，村野诗画，天趣盎然。好景宜人，可也有禁忌：须是婚后夫妻，方可一块上路，恋爱阶段，从未见过吆个毛驴儿同行的。另外，小两口不论怎么亲昵，不能一块朝驴背上骑，且不说是否超重，单是高高在上，同肩并体，一晃一摇，就非常惹人耻笑，村童顽皮，甚至扬土起哄。农村土气，也还是讲分寸的。

自行车是1896年李鸿章访问美国后才大量传入中国的。20世纪里，我国很快成为全世界自行车最多的国度。现在呢？小轿车正以闪电式的步调进行取代，自行车被淘汰的收局，为期不远了吧。

耕织的印痕

少小离家，老大难回，是因为离乡 50 多年，那些熟悉的日常风景彻底城市化了，我这老荒的记忆里，只留下印象的一些碎片。

男子汉是日出而作，日落而息，耕耘于野。犁地之牛，颈上套着两端穿绳的轭头。臂弯形的轭头坚固结实，它是自然生长于高巍的槐树、榆树或者柳树身上再由匠人截取加工而制作的，长绳的后端牵挽着揭地翻土的犁头。轭头与牛体接触的着力部位，锃光明亮，光洁度与手扶的犁把不相上下，也与其他惯常使用的锹、锄、镢、耙、镰、推车、辘轳的把柄是一样的色调。

长年运作不已的农具，把柄上的色泽，统统得之于手掌紧握时的浸润功夫。木质把柄与其底部的钢铁锋刃一体配合，耕耘灌溉，刈禾割草，打麦扬场，往来运输，赋予五谷、瓜果洋溢于野的斑斓色彩，而最终渗透于把柄的，则是金属般纯正的一种光晕：近于琥珀而透明有限，光似鉴人又不显人影。乍然看去，接近于枣红色，细加审视，晶莹度为枣红色所不及。我从书本上听说过汗血马，劲大、耐力强，汉武帝赞其"沾赤汗兮沫流赭"。"汗血"之色晕，或许就是这样的枣红色罢。

男人经营田地，女人则当家，被称作"屋里人"，烧火做饭，纺织缝纫，生儿育女，打理大大小小的所有家务。

当年，我们家也有一台踏盘式的织布机。女人端坐在半人高的横板上，两脚交错上下踏动木盘，一手投梭，一手扳动经停板，四肢交互有序，左右投送的木梭如春燕掠地那样交递如飞……老半天过去，才织出拇指宽的一绺平布。地球仪讲究经度、纬度，我对经纬二字的认知，启蒙于织布机：耐心韧性为经，灵动技巧是纬。朝朝暮暮，月底灯下，当机杼声息，新洁规整的布卷从机轴上卸下来时，人们才发现那暂且歇息的木梭、经停板，与那从田野上扛回来的农具把柄同样的澄澈睒亮，也是汗血样的枣红色。

平常的农户人家都有着自己绵长、单调的音乐："唧唧复唧唧"，绝少间断的机杼声，是从织布机上谱成的节拍沉稳的旋律，鸡叫、狗咬、娃娃吵的"农舍三声"，是其间欢快、舒畅的音符。我在外地当兵时，居家的妻子就是个心灵手巧、邻里羡慕的织布能手。因为久坐织机，臀部也磨出了厚厚的茧子；后来随军离开故园，不再纺织，这茧子，却是多年里也没能消退。寒暑变易，千门万户都能感受到衣被鞋帽的暖柔舒适、温馨可亲，然而"织女机丝虚夜月"，又有几人理解，普通的"织女"二字，是由多少个日日夜夜苦出来、熬出来的。

家里灶台前的木墩（烧火时坐下稳当）、右侧掣动风箱的把手、檐前水井口上圆洞形的井台石，或淡黄，或乳白，从来不见擦拭，总是光洁明亮，一如新制。家什上所有日渐鲜亮的光泽，悄悄静静，似乎又默默地漾动着"淡定勤勉"的字样，这汗水心血结晶出来的字样，绝非一日之功所致。

我家门口右侧的门墩石是一块菱形青石。劳作间隙随意打坐，擦汗，抽烟，小憩提神，光溜溜的人见人爱。我考上中学行将住校，第一次出离家门，母亲坐在门墩石上，一边为我的新织布衫缝扣子，一边一把把地抹眼泪，泪水打湿了颤抖不已的针线……

学校毕业后从戎于西北，妻子是在我即将40岁的那年随军的。告别老屋时的简便行装里，她只选取了那根几乎天天使用着的擀面杖，三尺来长，沉甸甸的，枣木制作（是我家后院枣树上截取的一段），通体润泽，至少浸渍过祖母、母亲、妻子三代人的汗水。其实，随军以后，擀面杖并不常用，妻子选中它，纯粹是出于对家园的依恋。

部队大院里，我们搬过几次家。可惜，在一次搬进新楼时，单单就不见了这根擀杖。为此，妻子惋惜了好几天。我们的住地处于黄河之滨。夜里躺在床上，或许是那擀杖的光晕太迷人了，望着窗外斜挂的眉月，我疑心它是化成了一条蛟龙，悄悄潜入奔涌的黄河浪里去了——热土难离哟，黄河流向的东方，正是我们的故园之所在。

耕夫、织女，这是造化之神所编织的质朴、素雅的两大花环。当花环被赐予天下男女之际，也适逢他们生命里上好的年华、盛壮的岁月。家什色调其所以珍贵，正是因为其间凝结着数不清的苦焦、劳倦和辛酸。此等特殊的光泽，既然是披星戴月、久久劳作的沉淀，是烙印于大地的至为深挚的血汗印痕，那么视之为沧海桑田所回敬于上苍日月之光晕，也未为不可——因为天际星辰里有牛郎，也有织女。

泰戈尔说过："你今天受的苦，吃的亏，担的责，扛的罪，忍的痛，到最后都能变成光，照亮你的路。"老辈亲人相继离世，劬劳之躯长已矣，身亡却不等于灯灭。我与老伴幸存于世的生命走得再远，也难以忘却先辈传递着的生命光泽，这弥足珍贵的光泽如同他们在世时风雨兼程的明眸，注视着、也照拂着我们前行的路径，教我们的脚步不敢轻忽、懈怠。

海风拂过晾台

滨海六楼,一方像样的晾台上。夏夜风轻,四外寂静,我与老伴对坐乘凉。

"现在,计划生育可以松缓些了吧。"

"为啥呢?"老伴问道。

"近日公布的《不孕不育现状调查报告》显示,八对夫妻中就有一对不能生育。世界卫生组织预测,不孕不育将成为威胁人类的第三大疾病(心脑血管与肿瘤为第一第二)。"

"我们小时候的村庄里,300多人里只有一个霞姨不生育。她人样俊,有人便说是长得太好的女人,往往是'石女'。"

"石女,有些还能手术治疗。现在这不孕症根本就没法治。"我说。

"当今科技这样发达,机器人都能造,什么病治不了呢。"

"不生育主要是手机、电脑、电视、微波炉产生的电磁波以及汽车尾气致成的,咋个治呢?"

老伴思忖片刻,拨转话题,又与方才的石女接上茬儿:"生娃这事,不能光怪罪女人。有些男人长的那个东西，也是个样子货。"

关中伏天酷热，我们一帮男孩赤条条一丝不挂，在村街疯跑玩耍。有天傍晚，一个老爷爷忽而蹲下身子拦住我，伸出食指拨拉着我的小东西问道："这是什么？""牛牛（关中土语这样称）。"他又拨拉一下："这能干啥？""尿尿。""还有啥用？"见我摇头，爷爷笑了："有了这个，你长大就能娶上个俊俏媳妇。"我则摇头："我不要。""不要媳妇，谁给你做饭？""我妈。"我绕开他的大手，一溜烟跑了……

老伴大概看出了什么，微笑着陷入回忆："当媳妇的围着锅台做饭，好像是天经地义的。过门不几日，奶奶在厨房教我做饭，有一天，神秘地笑笑，说道：'我给你说个事儿。'见我洗耳静听，她却欲言又止，可还是笑得笼不住话头：'你那口子小时候，也是个伏天，夜晚闷热，屋里待不住，人们都去巷道里取风图凉。我进屋时，小油灯亮着，他独个儿光身，侧卧在土炕上睡得挺香，咱家的小黄猫蹲在他的牛牛面前，时不时伸出一只爪子，将牛牛拨拉一下，牛牛晃荡，它就支棱双耳直目瞪视，我怕猫将牛牛当成个小老鼠，一把将它掀下炕去！'边说边笑的奶奶见我背转身羞红脖颈儿，更是笑得直不起腰来。"

"奶奶过世40多年了，你怎么能守口如瓶，到现在才把这话说给我呢！"

"那时年轻，谁能说出口嘛。"

我与老伴彼此无言。沉默片刻，我又问道："这事儿和不孕不育症有啥瓜葛呢？"

"咱们是有儿有女，各得其所，当年那猫儿假如一口咬下去，我们还能坐在海边的晾台上乘凉聊天吗？再说，天下理不清的事儿多着哩，比如男人逢见不孕之事，都归咎于女人，这不叫欺负人么。"

我笑笑，故意地岔开话题："我家那只小黄猫四蹄雪白，很逗人爱……"老伴不吭声了，只是静静地凝望着星辰闪烁的夜空。

我们那关中故乡的夜空，早就雾霾得寻不见星星了。退出西北故土，捻指间10多年过去了，光阴如梭，人生似梦，我不禁想起唐代乡党杜牧的诗句：

天阶夜色凉如水，卧看牵牛织女星。

老树感怀

一

世间老物，因为度去青春，耗尽了精力，难免萎靡倦怠之相。老树则不然，有的已过百年，细细看来，却不显憔悴疲惫的意思。它沉静缄默，日间荡悠着清风，夜来筛动着月光，总像在考虑着、琢磨着什么重大命题，不像那年轻的同类，稍有风来便摇晃枝叶，喧哗不已。

寡言持重之物，往往有潜在的扩展与开拓。树老根多，正是以默默的方式眷恋着脚下的土地，执着于生长的底蕴，历年愈久而根须愈密，根股愈粗，扎地入土也愈益深远。尽管根须纹丝不动，鼠蛇之辈是不敢穴居其间的，怕那强劲的根须将它窒息。人们用钢锯利斧可以伐倒老树，但从来没有看见挖掘树根的人，能将纠结曲扭的老根保全原状，通盘刨出……可以这样说，树冠倘若是一团凝聚的绿云，相应的底部根系便是蜷缩盘踞于地底的一条苍龙，空际的绿云是它在蛰伏静息中嘘出来的幽幽清气。那根系本是树冠之母，树冠作为根系朝上天礼拜的投影，是无论如何也超不过盘根错节的地下母亲的。

合抱之木，生于毫末。幼树苗芽细嫩纤弱，与茸茸小草没什么两样。之所以能够逐渐发育得筋骨茁壮，凌空而起，与它兼容并蓄、融会贯通，坚持从各个角度汲取养分有关。冬九将临，万千顷茅草为躲避肆虐的风雪几乎同时隐匿了身躯，而树木仅仅是褪下不便于与严寒搏击的叶儿罢了，浑身丫枝通通伫候在既定的位置，横斜伸出的似乎要扼住寒云，兀兀上挺的预备着迎战风雪——下潜之根善于深入，凌空干枝才敢于崛起。以地表划界，上下一体，阴阳互济，完成了天地界限上最健美的一尊形象。

二

老则迟钝僵朽，为万物之通例。树木则不因其老迈而丧失对春意的最先知觉、最初敏感，与水湄河畔的嫩草一致，同期暴芽，同时萌生，感觉敏微细腻，完全摒弃了衰颓之暮气。对于发生在眼皮底下的诸多人事，老树有着自己沉稳的主心骨：不因众多的昏眊翁媪坐卧其下倚老卖老而滋生自尊，迂腐执拗起来，也不因在月地里庇护过绕膝嬉戏的顽童便公然以前辈自居，滋生倨傲情绪。

记忆之志，老而愈笃。树木年年岁岁以年轮为记，愈近遐龄，年轮愈是阔大、明晰；幼年壮岁的每一轮记忆，尽都层次分明地裹藏镌刻在既定的部位；每一轮环，无不浓缩着春夏秋冬，凝铸着雨雪霜露，整个壮实的躯干，简直就是记忆之力深深烙印、环环相扣的一尊化身。这样的记忆力，大千世界里是找不到第二位了。

人在蒙昧状态时，脑海像是一潭碧水，谙事之初，仿佛一石击于正中，荡漾而起的涟漪清朗莹彻，一波一痕，了了分明，"幼年学的，石上刻的"，算是将记忆比喻得恰切之至。然而，随着时序推移，开初的涟漪愈泛愈远，泛愈远而愈微弱，边沿细纹若线，渐归消隐。人生一世七八十载，树之一生百年千岁，两者记忆力的久暂，判若云泥。

三

　　内涵厚重，记忆深刻，积蓄精气，养志修身，为的是在风云际会的紧要关口抗争、搏斗。天变了，起风了，风愈狂猛，老树抗议的呼声便愈为强烈。尤其是漆黑的夜间，浩天与大树浑茫一色，辨不出树影儿，却分明感觉到那庞大的树冠，仿佛是一团凝铸不动的雷，狂烈震颤、撼天动地。风过于凌厉，偶然也拗折数枝几股，崩断之声，如炮仗之炸裂，骤紧、火爆。飓风蛮横，偶尔也有老树为拔、牛腿粗的根筋拽出地表而扯裂揪断的惨相，然而，打倒是可以的，犟直的主躯干却绝不弯曲，更不中折。老树历世久矣，惯经风雨，在种种挫磨摆荡中锤炼了身骨，壮而不惑，彻底摒弃在强大横逆面前折腰屈节的意念了。

　　风伯，奈何不得老树，于是又怂恿那雷公。雷公驾着霹雳战车气急败坏地碾来、扑来。火雷在旷野上掠过那浑身乱颤、惊恐万状的小树与野草，专门朝着那巍然的老树肆行毁殄，赤练一掣，蓝光闪烁，仿佛是天火淬成的巨刃凌空劈下，老树多半边躯干被劈得粉碎，撕成断缕，灼烧得焦黑。老树，莫非正因其老，这才义薄云天，率先狙击那疾风迅雷吗？难得的是毁殄过后，只要是上下肌肤间能存留一缕维系根枝的肤痕，老树依旧岿然不动。"苍龙日暮还行雨，老树春深更着花"，春日里，其繁茂姿色反倒是别具一番历过大劫而更其盎然、更其葳蕤的韵致哩。

　　在这个世界上，老树倒地，大多数乃是斧锯所伐。这一尊从空际云端扑跌而下的非同凡响的生命,"一旦辞柯白云乡,非支大厦难为用",筑宫观,建大桥,名山胜地构设殿阁,非老树而莫属。

生老病死,为人生常规。从前老人下世,红尘里劳苦一生,瞑目长眠之际,也唯有老树,方有资格成就其棺椁。辞世老人入土为安:年轮古香古色的棺椁盛敛起老人,缓缓地、郑重地回归到耕耘了一辈子的厚实、温馨的土地里去……

老则衰颓,老病死灭,属于生物界共通的规律,然而唯有老树在天地间是个例外。"风号大树中天立,日薄沧溟四海孤"。进入21世纪后,高寿的老人显然逐年在增多,而老树却是愈来愈为罕见,需要挂牌加以保护,显得尤为珍贵、稀少了。

温暖的记忆

孔子享年73，孟子84，民间便有"七十三，八十四，阎王爷叫你商量事"一说，认为这是圣人所设置的人要否离开这个世界的两道门槛。实际上，老人多是在这10多年之间辞世的，一年一槛，这期间横亘着12道门槛。

当今太平安逸，"长寿"二字在媒体上广为流行。老人如果单纯为安享清福而不亦乐乎，一味地追求长寿，其实意思也不大。

健康，才应当是老年人追求的核心。生理健康，老人像陶器那样基本定型，这里的健康主要指精神。既然是精神生活，回忆就占着不可轻忽的比重。人在年轻时努力奋进、拼搏，没有回忆的余地；壮年时节只觉得任重道远，密切注视着前程与"进步"，也没有工夫顾后；及至于将涉老境，又近于西行者之步入黄昏，前景渐趋黯淡，也不大愿意回头反顾身后边不断伸长的阴影。由此可知，回忆二字非常现实，它是随着年岁的递进、阅历的增长才渐渐浮现出来的。然而老年人的回忆，具体情况也因人而异。

军旅中阅历特殊者，有人行将届入老年，退位前夕，深感自己"光环"罩身，与众不同，便热衷于回忆。其回忆的路径往往又陷入"老骥伏枥，志在千里"的怪圈，所出版的回忆录，是将自己从前"过五关斩六将"的那些事儿肆意膨胀，尽兴发挥，书册印制得精美、厚实。这等回忆录留于儿女，儿女会尾巴自翘；赠送亲朋，难免于贻笑大方。回忆者其实没有闹清楚，"千里马"曹操可是历史上罕有的大英雄，自诩"老骥"的时节，也就53岁。回忆录的作者比曹操年高，捏弄出比《曹操集》还要厚重许多的一本书，显然是自作多情了。

20多年前，我曾经帮助老同志写过回忆录。经历过烽火的老人，是有些经验存在于过关斩将之中，而更为难得的珍贵的教训，却是隐伏在"失荆州、走麦城"的历程里，因为这个世界上不存在常胜将军，人与事无不具有二重性，倘若只是将自我感觉辉煌的一面放大之后形成文字，误导子弟，也就失却回忆的本旨了。前半生戎马得意者，年老时易犯糊涂，且看历史上的真英雄，有几个留下回忆录的呢？

人与人不同，普通人进入老年，经历平庸无奇，对回忆兴趣不大，反而不出这等让历史老人嗤笑的洋相。

我们这一代人，实际阅历还是可圈可点的。小时候使用千多年前传下来的镰刀、斧头、犁锄，回家来掣送风箱，煨柴火烟熏火燎地烧饭，嗣后，使用过拖拉机、收割机、煤气灶、电磁微波炉；当年曾推过地老鼠车、拉过架子车，后来就依次坐上了卡车、轿车、飞机、高铁；当年参与过成群成伙吃大食堂、数百人一字儿排开锄地、割麦的场面；从前的农村，人老几辈子出远门逾百里者十分罕见，可现在，我的朋友的儿子与媳妇，在加拿大多伦多就业了，我的外孙女，也去澳大利亚留学……这才半个世纪啊，变化多么惊人！

过往数千年未曾有过的，今后不可能再现。比起先辈只经历过老牛破车的过去，比起儿孙们只体验着一道道白光的当今，我们所经历的比梦还要离奇的一系列真实故事，的确空前绝后。往前推理，朝后设想，天地苍茫，千秋万岁，谁还有我辈这样的资格"忆苦思甜"呢！

一个人经历了如此沧桑巨变，还能够无动于衷吗？回忆是老年人特有的福分，享不享这个福，你自己掂量吧。

为增强回忆的力度，我是延续积习，不放弃读书，重读那些从前感觉必须重温、不重温则无以领略其真谛的经典与相中的旧书，在重读过程中吐故纳新，忘却应当忘记的那些卑鄙、伤害与污秽，相应地，也牢牢记住那些善良可贵的亲情、友情和爱情。这些温馨尚存的情愫，是坎坷跋涉中一丝一缕编织、积淀下来的真正的"财富"。进入老年，这样的"财富"在自动地流失、消退，能于桑榆晚景中再度洗磨而挽留下来的，山高月小，水落石出，就更是熠熠闪光的珍珠。

读书间隙，偶尔兴发，也写点小文。历来成功的艺术品，往往文史结缘，无形中含有回忆的成分。我于名利、奔竞之类的俗世泡沫业已散去的晚年，随感而发，信笔涂鸦，不计短长，不拘形迹，则纯粹是消闲、享受了。随缘为文，也是想以此抵挡老年痴呆之进袭——无所事事，以尘封笔，什么也不思量不在意，那与患上阿尔茨海默病有什么区别呢？

第五辑　皎魄临九州

水文行迹

常人眼里，水的最小单位是一滴。其最佳形象是朝霞里缀在一大片草叶上的露珠：亮丽、柔和、宁静，却十分短暂、脆弱。

一个人如果是一滴水，群体性的水滴可不能小觑。众多数不清的水滴集中于一点，经久不懈之后，足以穿石（石头是坚硬之楷模）。"滴水穿石"的景象，出现在白云埋大壑的山峦深处，这地方人迹罕至。"阴崖滴夜泉"，间断有序的水滴声与我国明代之前铜壶滴漏的音质是一致的，可以说，这阴崖坠落的水滴既是人世间"宁静致远"的一个隐微的注脚，同时又是柔弱中蕴有强韧毅力的特殊显示。

我没能走到长江、黄河的极限源头，但能想见，在那源头的与天相接处，注定是由接连不断的雪水之滴发轫启动的。珠帘似的滴水汇成蜿蜒小溪，小溪自巍峨的群峰间隙迤逦而下，奔流中晶莹闪光，坎坷里劲健灵动，曲折时直如一张张扯开的强健弓弩……正因为一心一意地倾趋而下，便于沿途宽容大度地集纳百川而逐渐雄浑，渐次扩张的足音长驱远赴，能够摧枯拉朽，勇于劈山斩岭，明眼人一看便知，锐悍如刀箭的溪流，分明是将发源处那万笏插天、无欲则刚的峰峦素质默默地融化在"砯崖转石万壑雷"的胸腔里了。

行进中的溪流渐渐地降落海拔，纵身出山，则为江河，这江河开天辟地的力量更为壮观。且看那黄河中段的秦晋峡谷，长江中流的巴东三峡，云南境内鬼斧神工的怒江峡谷，全都是奔流之水锲而不舍镌刻成的造化杰作。今人在这等紧要咽喉处设坝掬库，能产生不可估量的巨大能源。待江河跨越万山叠嶂而步入平原，便忽地展绽开"星垂平野阔，月涌大江流"的壮丽图景——波涛万里自成舟楫之利，登岸灌溉则呈鱼米之乡……

江河的归宿是大海。海陆相较，这个地球上三分之二皆是水。海底最深处11034米，将陆上最高的大山沉入其间，山巅仍处于两千余米的水深之下。"江河之大与海之深乎，可以意揣。惟其不自为形，而因物以赋形，是故千变万化有必然之理。"（苏轼）古往今来，有谁能设想这包罗万象的海底下蕴藏着怎样的异象和奇迹？

芸芸众生里的普通人，充其量只是微不足道的一滴水。"譬如朝露，去日苦多"，指的正是自生自灭的个人。尘世上至难思议的是：渺小脆弱的个人，一旦如水滴那样融入江河湖海而化身为"水"，蜿蜒为龙，龙且点睛，其生命价值可就不寻常了。

"上善若水"，道家的具体象征就是水，这"水"是河伯与海神综合提炼成的象征词。老庄之后，曹操观沧海时望见了水："秋风萧瑟，洪波涌起。日月之行，若出其中。星汉灿烂，若出其里。"曹操以后400年，李世民望见了水："君，舟也；人，水也。水能载舟，亦能覆舟。"贞观过后1300年，毛泽东吟出了"自信人生二百年，会当水击三千里"的诗句。在这个世界上，谁窥知了水神的奥秘，仿佛也就觅得了天地间至美、大美的真谛，这样的人物，超凡入圣，在历史进程中会留下自己行进的痕迹。

江山与伟人
——岳王庙和秋瑾墓

杭州西湖，被誉为"天堂"。

几千年前，这里只是个刚与大海分离的泻湖，进化至今，自然环境也未必胜过台湾的日月潭，比起北美国家公园里不太知名的小湖，更是瞠乎其后。现在能成为誉满海宇的风景名胜，除了一代代劳动人民的疏浚、装点之外，其声誉很大程度上得益于文学艺术，历代传留下来的诗、词、文、联、歌、赋、曲、令及掌故传说，无形中发挥着超乎寻常的审美效用。假如没有白居易、苏东坡、林逋、龚自珍、张岱、苏曼殊、武松、苏小小、白素贞……自艺术角度抹杀了断桥残雪、苏堤春晓、三潭印月、雷峰夕照之类的景点内涵，西湖充其量也就是人工雕琢的一洼浅水罢了。

身处西北，多次去过杭州。在"好山好水看不足"的西湖四近，我涉足最多的是岳王庙、秋瑾墓。

岳飞的《满江红》写于绍兴六年（1136）。

怒发冲冠，凭栏处，潇潇雨歇。抬望眼，仰天长啸，壮怀激烈。三十功名尘与土，八千里路云和月。莫等闲，白了少年头，空悲切。

靖康耻，犹未雪；臣子恨，何时灭！驾长车踏破，贺兰山缺。壮志饥餐胡虏肉，笑谈渴饮匈奴血。待从头，收拾旧山河，朝天阙。

节节胜利之际，宋高宗却命令立即班师，岳飞痛感坐失良机，百感交集中写下了这首悲壮、激越的词作。岳庙大门旁熠熠生辉的对联是"三十功名尘与土，八千里路云和月"，倒映于碧波的14个大字，荡漾着岳飞视功名利禄如尘土的云水襟怀——刚肠九曲却又澎湃超迈的自理与剖白，致使此词成为气壮山河的一篇杰作。

岳飞身后640年，生于杭州的袁枚拜谒岳王墓时，设身处地，掂量、斟酌之后，写下了"江山也要伟人扶"的名句。"扶"字在这里两层含义：一是大好河山需要英雄来护持、捍卫，二是伟人本身与江山化为一体，更能够让大好河山焕发风采。袁枚归结出伟人的精神素质可以裨益于天工造化之巧，对于评估西湖山水的价值而言，可真是画龙点睛之论。

岳词700多年后，鉴湖女侠秋瑾景仰岳飞的爱国热情和英雄气质，步其词韵，也填下一首《满江红》。

小住京华，早又是，中秋佳节。为篱下，黄花开遍，秋容如拭。四面歌残终破楚，八年风味徒思浙。苦将侬强派作蛾眉，殊未屑。

身不得，男儿列；心却比，男儿烈。算平生肝胆，因人常热。俗子胸襟谁识我？英雄末路当磨折。莽红尘，何处觅知音？青衫湿。

岳飞《满江红》写于33岁，秋瑾步韵时28岁，俱当风华正茂之年。

"靖康耻，犹未雪，臣子恨，何时灭"，体现了岳飞迫切要求报仇雪耻、还我河山的雄心壮志；"身不在，男儿列，心却比，男儿烈"，体现着秋瑾在旧礼教束缚下不被人识、无从报国的苦闷、彷徨与极度的悲愤。性别不同，处境迥异，希图冲破封建藩篱的刚烈基调则是一致的。岳词成后6年，岳飞被害于杭州风波亭；秋词问世4年后，秋瑾被害于绍兴轩亭口。英雄儿女的肝胆、气质、义行、文采，用浓墨和着热血，以独有的艺术方式绵亘于天地之间。

岳飞《满江红》问世之后，每当内忧外患之时，历代仁人志士步其韵而仿作者不少：张煌言的《怀岳忠武》、郁达夫的《戚继光祠题壁》、邵力子的《挽张自忠将军》……俱属感人肺腑的佳什。倘若要从诸多步韵词作里选出最优的一篇，笔者觉得，秋词紧步岳词，堪称双璧。让我欣慰的是，商务印书馆2016年出版了《新课标教材版古典诗词鉴赏辞典》，自先秦至清代（2500年的跨度），从汗牛充栋的诗、词、曲中只选取了340首，其间就有岳飞、秋瑾的《满江红》。

就像天空必须有日月星辰一样，大地江山必须要伟人来扶持。与岳庙隔湖相望的，还有于谦、张煌言的祠墓，而我瞻仰最多处，是岳坟与秋墓。这倒并非是秋墓距岳坟最近，走动方便，另有一条原因，是在秋瑾被害之后的80年里，其尸骨先后迁葬过10次，直到1981年秋天才"安葬"于西泠桥之西畔。我闹不清楚，这个世界上的入土为安，还有比这更为艰难、周折的吗？

这里写成"安葬"，也仅仅属于心底的良好愿望。原因是：

岳坟之前，以秦桧为首的四个奸佞的铁像跪了800年，可到了2005年，网上却有人讨论要让秦桧站起来、让岳飞跪下去的问题；当年10月23日，上海一家艺术馆还真的展出了秦桧夫妇的站像；南京江宁的博物馆里，也出现了正襟危坐的秦桧雕像。

生前死后，岳飞、秋瑾的爱国襟怀是相通的，命运遭际也是同步的。秋词里是写着"英雄末路当磨折"，可谁能料想到，岳飞身后竟遭如此之毁誉折磨。经历过10度迁徙的秋瑾之墓，日后真的能得"安葬"吗？恐怕也是个未知数。

中华锦绣河山，不限于杭州西湖；其间英雄儿女，又何止于岳飞、秋瑾呢！民族的文明历史与道德底线如果被最后突破，袁枚老人的"江山也要伟人扶"，自然是分文不值。若果到了那个地步，我敢断言，杭州西湖即就不算是泥塘一洼，其审美价值也很有限了。

静静的喀纳斯湖

中国地形图像一只雄鸡,喀纳斯湖则是鸡尾翘起处悬坠的一颗珍珠。到新疆不去喀纳斯湖,当是最大的遗憾。

雁阵南翔,我们从哈巴河县向北挺进。翻山越谷,几辆吉普车动不动是碾着逆流的溪水在河道里朝前冲撞的;横越一条溪流时,水漫进车厢,我们抬腿以防湿了鞋袜,漫进车厢的清水,可鉴须眉,澄澈如镜。车窗外坦荡舒缓的山坡上,铺满了细茸茸的淡黄秋草,碧空如洗,阳光灿烂,湿漉漉的云块自太阳下掠过,山坡上便阴影连绵,仿佛一方接一方地推移着只有月殿天宫里才有的硕大无朋、璀璨绮丽的丝织锦绣。新疆形成的第一款地毯,我疑心受此启迪而诞生。

大山逶迤,小车在新辟的盘山道上驰骋时,淡远的清风会飘送一朵朵"白云"出山来,定睛细看,那不是云,而是白生生的羊群,羊群最后边才现出一个比羊大不了多少的挥鞭的牧童。三五成群的马儿在水草丰茂处自行盘桓,全然不以风驰电掣的小车为意。忽然间,山坳里踅出四峰骆驼出现在公路正中,冷不防看到冲撵遽至的吉普车,一下闹不清是何等妖魔，便撒开四蹄沿着公路一溜烟狂奔起来，汽车喇叭声越是焦躁，骆驼越是张皇，边跑边拧过长长的脖子惊视身后，16只盆大的蹄儿"呱哒哒"乱响，滚圆的臀部抖抖颤颤，我们只看见四块褐色的肉团触电似的剧烈抖动……车撵驼奔，一气儿追下去10多里地，直到车上有人叫出一声"当心民族关系噢"（这里是哈萨克族、蒙古族生活的地域，驼自有主），司机这才刹慢车速，四团肉垛就势朝边上一弹，蹦到公路旁的草窝里了；小车一闪往前去了，四个傻大个还瞪圆惊悸的大眼睛伸着头看，不哭不叫，不跳也不骂，毛茸茸的长脸上是一种怪异莫名的神色。骆驼一体蕴含人之十二属相，可它们又实在闹不清这凶猛的铁家伙是个什么玩意。

哦！喀纳斯湖！仿佛是峰回路转的若耶溪畔突然现出了荡波浣纱的西施，大伙不约而同地拉直了眼光。

这是海拔1374米的阿尔泰腹地，北畔友谊峰积雪皑皑，宛若纯银碾制的一架屏风，近处，一条条深谷巨壑以强劲的构架勒逼出一方月牙形的、比新疆天池大八倍的湖泊，水位深达188.5米。湖里是刚刚融化的、清纯至上的雪水，仿佛吸纳了云海之精液，又掺和着雪山之岚气，浅绿、碧翠、湛蓝，自近而远，界限茫昧却又层次分明，不甚荡漾却是变幻奇诡，我怀疑，这是泻离于九霄银汉的天河之水。

湖水纯蓝湛绿，朵朵白云的倒影，在湖里沁作明丽的朵朵粉红；云掩了日，开阔的湖面立即晦暗，那云絮影像则幻化成一叶叶灰绿色的芭蕉大扇，仿佛随时都可能从湖底扇起掀天的波澜巨浪。雨天、月下、曙色里，这魔幻式的变色湖又是怎样的呢？我忖度，不论如何变幻，其间也不失仪态万方的典雅与深沉。

前些年，内地传说湖里有湖怪，其实呢？是体长3丈、重达3吨的巨型红鱼偶然出游。据说，这鱼是在冰消雪化之日从北冰洋里经俄罗斯境内逆着寒冽碧水闯进来的，在此湖繁衍生息了。攀在湖边栈桥上，我见到了一条被网住的10多千克的红鱼，头小尾长，腹背饱满，鳞儿极细，这样的红鱼以绝世罕有的姿色上下游弋，四近的雪峰、杉松、白云，怎能不为之提袖旋转、顿足起舞呢！

栈桥后边，湖畔草地上的骏马姿韵天成，鬃齐、尾长、膘形匀称、无缰无鞍，毛色酷俏锦缎，好像从来就没有被人类驾驭过。

骏马不远处便是原始森林，西伯利亚型的云杉、冷杉、红松、落叶松，巍列成阵，直插云霄。"林高风有态，苔滑水无声"，空气里弥漫着香甜、湿润的幽秘气息。暖季常有暴雨雷电，那么多古木被雷火殛仆于地，魁梧的躯干扑倒时将密集的根系揭地翻起，翻起的丈多高的根股蟒蛇似的纠结成团，竟然从雷电里死死地搂抱起一尊尊斗大的狰狞顽石，泥土茅草被雨水冲刷净尽，根已僵死，可仍然紧紧地抠定顽石。生生死死，纠结不释，谁能说清楚这是爱呢？还是恨？

自然界本无所谓爱与恨的。有的大树跌倒在众树的怀抱里，拗折倾斜，半倚而僵。毁坏，在亲密的家族里毁坏得那么坦然；腐朽，在原始的摇篮里腐朽得那么自在。大凡扑倒折裂者，尽皆巨木古树，且又常常是半边焚烙，火痕如墨，这等景象，与其说是雷火闪电威猛的印记，不如说是古木老树宁死不屈的骸骨。我想接近它们，一脚踏进身边的草丛，碗碟般大的蘑菇与木耳烂脆有声，汁液四溅……

一抬腿，我又退出草丛了。万类万物，宁静时才葆有本真的元气与活力。我这尘俗中人，还是退出为好。

念想嘉州

年过古稀的人，脑海中几近于大浪淘沙之后的沙滩，荒茫、寂寥，能留下来而值得回味的往事，很有限了。前一向，由于远方的两位朋友专程来青岛看望我，使我记起了19年前发生在四川的一桩往事。

乐山大佛是世界上最巍峨的石刻大佛，始凿于1300年前，依山而成，建高71米，佛头与山齐，双手抚膝，神态匀称，有"山是一尊佛，佛是一座山"之誉。1998年秋天，我在成都参加一个笔会，老友廉正祥特意让从大连来的素素和我留下来，先去游览峨眉山，第三天又赶到乐山。从前我到过乐山，我的印象里，高瞻远瞩的乐山大佛面朝西南，足下正是三江汇聚处：佛右侧北至的岷江在佛足下斜插之际，与西来的先已吸纳了青衣江的大渡河相汇之后，这才莽莽东进的。

1980年，正祥为《四川日报》驻乐山记者站站长，他曾住过的地方已变成"嘉州宾馆"。正祥打算让我们就住在那里，与他一起怀旧。进了市区，小车径直开到了江边，率先欣赏古嘉州的老城墙。车子停靠在城西南角的育贤门就近。四围的山水着实壮观，反衬得古城墙倒不甚起眼。

出育贤门，眼前立即铺开了滚滚滔滔的已经收纳了青衣江的大渡河，河之斜对面，就是大佛在黄昏里威严大气的轮廓，山水形势在这里异常壮美：大佛神态肃穆，三江水在足下合而为一，浩浩荡荡地簇拥东进，青山绿水，浪奔佛静，整体形势是那么得体、和谐，难怪宋代的邵博有言："天下山水之观在蜀，蜀之胜在嘉州。"

　　育贤门是嘉州古城的西门，距江边十来米远，门两边摆了几张茶座，有坐客正闲闲地品茶，一身黑衣的女老板披着长发，从容地为茶客添水续茶。我们仨站在江边平台的右侧观景聊天。素素想起前几天去九寨沟途中看见过的岷山，便问我：这江水是从岷山上下来的吗？我说是。正祥则纠正我，指说左边的那条岷江才是。素素一听，就想试试脚边的江水是否寒冷。我和正祥背对着江水，她从我俩之间穿过，走到水边，刚下到第二台石阶，就"呲儿"一下滑进了河里。这个秋天，全国到处发洪，大渡河的洪峰前几天刚过，水面仅退下去四个台阶，台阶表面上是风干了的一层黄土，黄土之下依旧是滑溜的稀泥，素素误判了。水面上一连串的漩涡，她本是背着岸滑下去的，漩涡一下将她又扭向岸边；转瞬间，她看见正祥跳了下来，用身子堵住她，并一把抓住了她后背的衣裳，不让其下沉；我想也没想，忙从素素下滑处跳了下去，就在她俩开始向下游漂动之际，我从素素左侧逮住了她的一只手；同时本能地伸出左手，狠命地压住岸上的台阶……足下的漩涡探不着底，三条生命，维系在我的左手掌上。黑衣女老板忙跑过来，拼命抓住我的左手，其他茶客也忙跑过来营救我们上岸！

　　上了岸的素素，棕色纯毛格子衣裙和挎着的数码相机浸透了水，这是中国工农红军在60多年前强渡过的大渡河的水。下面，且摘录素素事后写下来的一节文字：

在岸边，当我明白发生了什么，我就完全地瘫软了，先是哭，然后就是笑，神经像出了问题，吓得廉、杨两位先生不知道该怎么劝我。那是十月末的傍晚，天气已有寒意，大家的衣服全都湿透了……可他们硬是等我心情平静下来，才想起来该换衣服。我们把旅行箱留在了成都，没有衣服可换，只好去商店现买。营业员看我们像看怪物，我们没有心情解释，默默地换上了新衣裳，精疲力竭地坐到车里去。廉先生越想越怕，不停地检讨说，住在乐山这个决定是错的，古嘉州的育贤门对于我们就是一道"遇险门"。于是我们像逃亡一样，在夜色苍茫时仓皇离开了乐山市。

那个晚上，我们住进了眉山市。眉山是苏东坡的老巢。夜里，不知何故，我居然记起了苏东坡称颂乐山的一首诗："生不愿封万户侯，亦不愿识韩荆州。但愿身为汉嘉守，载酒时作凌云游。"我们呢？似乎是上了苏老先生浪漫吹牛之当，差点儿是"并肩携手龙宫游"了。这一年，素素43岁，正祥小我两岁，53岁。

退休以后，图个润泽，我家从兰州迁居青岛。我所在的驻地，左方可望渤海，右则邻近黄海。5月春暮，闻说我因病住院，素素是越渤海而来，正祥夫妇是跨黄海而至，他们特意赶到青岛来看望我。多年不见，我们垂垂老矣，谈及乐山遇险的一幕，叹惋不已。人生如梦，往事如烟。正祥是著名作家，素素是大连市作协主席，乐山之事，他二人在文章里详尽地写过了。人上了年纪，与死亡越是切近，越是懂得珍惜。正因为他们特地赶来看望我，这才引起我不能不旧事重提。

在世界上最巍峨的大佛足下，奔涌着三条从雪峰上汇聚而下的湍流激浪，如此出神入化的自然境界，本就蕴寓着宇宙的某种含义。当我们三人相继落水、瞬息之间则又化险为夷——山水造化从恐怖、惊险中创作出这样生死攸关的一幕时，人生所潜伏着的某种巨大奥秘，又怎能不隐伏其间呢？

尘世间何谓造化、有无命运？什么是道义、情谊，知心知己？什么是义无反顾、奋不顾身？要理出个清晰的头绪，恐怕并不那么容易。

千多年里，大自然仿佛一直在告诫人们：天意从来高难问，人生渺小同蚁虫，人噢！切莫要不自量力，看大了自身的存在。

祁连雪色

两千里河西走廊，"走廊"名儿是谁起的，起于何代？弄不清白。走廊地面阔野，太空旷了，西上的列车，速度显得缓慢，气势也不雄壮，旅人静坐窗前，常常凝望南面的祁连雪峰，沉思、默想。

千里素白，横亘长天，不同于中原的青翠山峦，不同于岭南的雾峰云岭。伏天，雪水融汇成万千条无名小溪向下奔流，山中雪线便徐徐地往上方推移，下奔的溪流是那么湍急、紧迫；上移的雪线又那样的迟缓、冷静。雪花飘落人间，纯洁是纯洁，从来是短暂的。祁连山，却将"纯洁"素练似的摊开得这样长远，贮存得这么永久，旅人留恋它，它又总是与旅人保持着相当的距离、高度。

掠过绿洲，走廊地带没有多少草，芨芨、沙蒿、骆驼刺，呈灰黄色，紧紧贴住地皮，仿佛是几个黄干蜡瘦的老人的剪影贴在戈壁上似的。这辽阔而贫瘠的画面上，动物里最肥的是宽角绵羊，最高的是褐色的骆驼，羊与驼是靠细致地、耐心地、一遍一遍地啃啮稀寥、带刺的草，一枝一叶，一撮一股，才成就了自身的肥巍。没有祁连雪山抛下的流苏一样的无数细流，漫漫戈壁会连这可怜的小草也没有。小草，是雪山乳汁滋养着的绿色的琴键，驼、羊，是键盘上缓缓弹出的流动的音符，丰满而无声的音符。

走廊里常走风沙，风沙用粗糙的巨掌，用野性的脚板，踢踏得千里长廊光秃秃的，外表上简直存不住什么有价值的物什。因为有了祁连雪，很古的珍宝，反倒给保护住了。酒泉西南 25 千米的文殊沟里，有创建于南北朝及北魏、隋、唐的庵观寺庙三百余座，石室、洞窟 30 余处；安西县城南 70 千米处是万佛峡，在踏实河切割成的两旁崖岸上，还存有 40 多个洞窟，窟里有座唐代的佛爷坐像，22 米高，头还没有顶出踏实河岸；敦煌莫高窟，在大泉河西岸的鸣沙山下，存住了 492 个洞窟，数千身塑像，最高的 33 米。东千佛洞、西千佛洞我闹不清楚，单是这文殊沟、踏实河沟、大泉河沟，不都是祁连雪水千秋万代地奔流、切割、刻画，尔后才形成的吗？

祁连山上倘若没有雪，在这暴戾、残酷的大漠上，永远微笑的佛爷群、非男非女的菩萨们，哪儿去栖身呢？平川洼地聚湖泊，高原沟壑藏墟落，沙漠里深深的河谷，是神仙们的安乐窝，人们世世代代给佛爷、菩萨进香、礼拜，佛爷、菩萨也应当向祁连山叩头作揖的。

走廊北侧，断续的马鬃山、合黎山、龙首山，比祁连山矮多了，祁连山是屏风，它们就只是屏风下的茶几、小凳。这里燥寒交袭，剥蚀严重，砾石裸露，分布着地质队的钻塔。钢质钻杆，金刚石钻头，呼隆隆向地心钻探。下面尽是一层层大理石岩、灰岩、花灰岩，钻机日夜高速运转，钢石研磨，钻杆里得不断地进水，降温。这水，是一辆辆卡车从疏勒河运来的，是祁连山的雪水。刚柔相济，冷热并进，才从千米深的岩芯里探出了闪光的钼、银、铅、锌之类的矿藏。一旦断了水，不上几秒钟，价值昂贵的钻头就会烧毁。在人手里，要用空际的雪，浇灭地下的火，地底才肯奉献出贵重的宝藏。

祁连雪从高处所输送下来的是生命，是珍宝，是力量，另外也养育过一系列顶风而进的人物。除精骑轻行的张骞、虔诚合掌的玄奘、"我与山灵相对笑"的林则徐之外，"卤薄山河暗，琵琶道路长"，还有那和亲远嫁的细君公主、金城公主、文成公主……他们仰对祁连，也深深地吮吸着祁连清气，领略空际琼瑶的高洁情愫了。"燕颔虎项，飞而食肉"的西域都护班超，居塞上31载，晚岁上疏乞归："臣不敢望到酒泉郡，但愿生入玉门关。"年轻时从高洁的雪山底走出去，暮年里也乞求归骨于始终高洁的雪山之下，磊落襟怀存得住冰雪，所以也就是名垂青史的"英雄"。肃州酒泉里涌流的雪山水，真不愧是天地间最纯洁、最清醇的酒。俗世的酒瓮酒缸10年20年封埋于地底，走廊的酒，却永远贮存在寒素彻冷的云天里，拂晓昏暮，祁连山巅云海苍茫，唯见雪峰一道，银龙似的，蜿蜒浮游在白云里——它是在白云里酿酒哩，龙体透亮，酒香自然清纯。

河西走廊不能没有祁连山，祁连山又绝对不能没有雪。

遗憾的是，当代的走廊仍嫌太空旷了。矮树零散，泥屋小小，乘车穿行，不像关中、中原、幽燕、江南那样，村树簇簇，城垣似的隔断视野。这儿静物中最显眼的，一是被长风切断剥蚀着的汉代长城，二是牛腿粗的杨树。汉长城乃打垒夯筑而成，原本结实，对当地居人已毫无用场，就像报废的列车车厢，历史的负载太重，一节一节被甩脱于走廊，再不能动了。有的被风沙揉搓成马、羊、狮、驼的模样，石相生似的，孤落落列成一行，是造物遗下的另类文物。

杨树，生长在一片片一坨坨的绿洲上，它们能苟活于渠畔，与长城相反，恰恰是因为对人们有用（且是速生材，很快就有用）。松槐生长慢，周期长，急用的人们就不大种植，在内地，松槐多高擎于寺刹梵宇，大山野陵，在这儿，松树就只好生长到人烟稀少的祁连山里了。取用过急，走廊上这杨树也就长不大，把掐手卡，刚够材料，明晃晃的斧锯就上来了。用这等木料作栋梁盖房造屋，又怎能高大、怎能结实呢？树矮，风就厉害，风疾，小泥房只好学那枯黄的刺草的样儿，匍匐于地。从生态来讲，像是恶性循环。

这缺陷，有负于祁连雪山的高情厚意了！人间尚高洁，大地要春色，雪水乳汁哺育着的河西走廊，人事理应是坚韧的、顽强的，草木也应是华滋、繁茂的。

《中华百年游记精华》，人民文学出版社，2001年6月

新生的土地

黄河九曲奔流万里，仿佛在孕育着一方最年轻的土地。

秋天的垦利县（今垦利区）黄河口，高可没人的芦荻漫无际涯，白色花絮在微风里此起彼伏，滔滔白浪之上散布着麦垛形的柳树之冠，绿冠上不时游弋出丹顶鹤优雅飘逸的姿影。无意间俯瞰，会发现芦荻根部是清浅明净的秋水，伴和芦荻而生的是齐刷刷的荆条样的绵柳。退水之湿处，柳荻间杂有疏落的野菊，野菊想一睹天际的白云、仙鹤，尽量地翘足仰首，充其量也只能将灿灿菊蕊簪至柳荻的胸部。

溯河口西行，渐渐有了人烟，芦荻也悄悄然换成了秋稼；绵柳消失，柽柳则于田畔显形，仔细去看，这柽柳正是西部沙漠上常见的红柳。柽柳围护着的青色玉米棒太壮实了，一如微弯的水牛犄角；棉田里的棉株半人高，白生生的棉花自下半腰直绽开到顶梢，仿佛将东畔芦荻花絮进行了特殊提炼，凝结成拳，比雪还白。稻穗与向日葵籽盘饱满过剩，沉甸甸地俯首下垂，虔诚地向大地鞠躬。友人说，这里的大米比宁夏河套产的还要香美。河套素有"塞上江南"之誉，我对他故意地指指身后：

"这地方浩茫接天的芦荻，比不得水稻，仅仅是自然风景吧？"友人当即摇头："这芦荻是造纸厂的头等原料，收割季节，一斤的收购价在一元以上。一根芦荻就一二斤重哩。"

足下这沉静的土地，为什么这样的肥美厚实、丰饶秀丽呢？苍茫四顾，还得从黄河入海口说起。

大海自成体系，自昆仑闯下来的黄河注定要冲进蓝幽幽的大海，河海相汇处便有了昼夜不息的对阵与抗衡，千军万马短兵相接，在口外海滨澎湃起一线黄蓝分明的巨浪；旭日浴海，碧蓝方明彻辉煌，夕阳坠地，浑黄方染透红晕，清波与浊流戈矛并举，蓝军与黄军鏖战不息，"日月之行，若出其中；星汉灿烂，若出其里"，在靡昼靡夜的激雷吼荡之中，日月星汉统统被击得粉碎，幻化成与水合一的金屑银沫。长年累月地激荡折腾之中，大河裹挟的泥沙渐渐下沉，口外海滨便呈现出一个平展展的金黄色的琵琶造型，这造型之四围，倒是个风浪憩息的独特所在，因为这黄河巨龙实在威猛，似乎将碧黄色的战阵一步步地推向了海域。"琵琶"型的新陆地渐渐扩展。如能自高空俯视，你会惊讶整个黄河流域仿佛似巨型的琵琶，万里流水为金黄丝弦，渤海用力地进行弹奏，千秋万岁，咆哮兮沉吟，朝朝暮暮地"反弹琵琶"，终于弹出了这一方神奇的土地——婴儿那样宁静的一方净土。

这方圣洁的新湿地，生生不息，正以年均3万亩的速度向东扩展。她出自浩荡大海与雄浑长河强劲无比的巨掌搓揉之中，显示着自然界倔强、微妙、壮美无尽的生命循环。

大地的闪电

> 对于身边永远消逝了的雄奇景观,趁着记忆犹新,要否录以备忘呢?
>
> ——题解

乘船游览三峡的人们,左顾右盼,时俯时仰,无非是在寻觅前人咏叹过的三宗"瑰宝":石头、猿猴、舟船。

一

"功盖三分国,名成八阵图。江流石不转,遗恨失吞吴。"熟悉《三国演义》的人都知道,八阵图是诸葛亮入川时布下的,位于夔州西南永安宫的平沙上,聚砂砾卵石64堆,长1500米,阔600米,远眺过去,阵中总有如云似岚的杀气冉冉蒸腾。东吴大将陆逊火烧连营700里,乘胜西进,自高坡上瞭望八阵图,其间并无伏兵,陆逊率骑进入阵中,忽然怪石立竖，槎牙似剑；横沙起伏，逶迤如蛇；江涛涌浪，声如擂鼓……出阵之后，陆逊下令撤兵，再也不敢觊觎蜀中。

　　白帝城东的赤甲山及隔江对峙的白盐山，海拔1500米，天宫门神似的构成了吞吐日月的雄伟、险峻的瞿塘峡；云雨巫山十二峰里的神女峰，以白云彩霞为衣，执风雨雷电为鉴，千百年来，逗惹得多少男女诗人发痴犯傻，自哭自笑。拆穿了看，这赤甲、白盐、神女不都是摩天拨云的顽石造型么！八阵图则是以江水布阵，用湍流将石堆磨砺成剑戟的。有一年枯水季节，我目不转瞬、聚精会神，终于见到了八阵图遗址，可憾的是，怎么也辨认不出天、地、风、云、龙、虎、鸟、蛇所组成的阵法门径了。

　　山险、水急、风猛、浪汹，延及今日，长江水对这八阵图吞吐磨洗了1200多个春秋，从船上能看出个约略眉目，由此重温一下蜀吴鏖兵的战史，也就算可以了。

二

　　桓公入蜀至三峡中，部伍中有得猿子者，其母缘岸哀号，行百余里不去，遂跳上船，至便即绝，破视其腹中，肠皆寸断。（《世说新语》）"忆子啼猿绕树哀，雨随孤棹过阳台。"老猿因子女遭劫而哀号百里，痛切得肝肠寸断，无论谁看见也伤心。

　　三峡里，更常见的现象是："巅岩峭壁撑碧空，倒挂老松如老龙"，群居于林的猿猴们下饮江水时，一个个手牵手自斜伸的枝丫高处朝下攀吊，垂及碧浪湍动的江滨，轮流而饮，饮足则长啸着散归林莽。这是快活而自在的啼啸之声，是真正的天籁。

　　行经三峡的历代诗人不谋而合，统统视猿啼为最凄婉的音符，原因何在呢？中国封建社会的历史氛围总体上是悲凉的。在三峡上下，刘备托孤，将未竟的事业托付于孔明；屈原投江，满腔放不下的心事唯有一死了之；昭君远嫁，只能去塞外觅取含有"自由"意味的女儿经。死别生离，离乡背井，哪一桩不是肝肠寸断的揪心事件呢？诗人们敏锐地逮住猿啼，化入诗行，如借箫管以抒怨，如取喇叭以声咽，如抱琵琶而泣诉……

随着古典诗歌的消歇，三峡两岸再也看不到猿猴的身影了。是因为森林破坏，芟尽了如龙老松，它们没有了栖身之处呢？还是由于另外的原因？"雷电夜惊猿落树"，雷电猛烈，夜间从古松上震落栖息的猿猴，这是自然界多么原始、多么神奇的生动画面哟！可惜，后人是再也无缘见到了。

三

"两岸猿声啼不住，轻舟已过万重山。"不是舟轻，是水势迅猛；轻舟压不住浪尖，反而更其危险。

"蜀麻吴盐自古通，万斛之舟行若风"，一斛为十斗，万斛且如风中一叶，足见李白观察之透彻，想象之工巧。古时的舟船一旦进入三峡，就将一大半命运抵押给流水了。这三峡无异于阎王爷细狭的咽喉，要么将人与舟深深地吞下去，喂鱼喂鳖；要么憋一口气，从夷陵悠悠地吐出来。舟船出峡而至夷陵，江畔有宋代建的"至喜亭"，舟人至此，喜不自胜，便大嚼酒肉，庆贺老天爷给了第二次生命。人命廉贱而危浅，江山如画又如魔，这也是尘世上奇特的一道景观。

峡水以往来之舟为微不足道的小儿玩具，这一点欧阳修是看透了：大江"倾折回直，悍怒斗激，束之为湍，触之为漩。顺流之舟，顷刻数百里不及顾视；一失毫厘与岩石遇，则糜溃漂没，不见踪迹"。峡水实在是凶狂，凡是蜀中出产的贵重珍品，倘须贡奉京师，不敢走水路，竟周折绕道，皆从"陆出"；"而其羡余不急之物，乃下之江，若弃之然。"天下像样儿的东西都不敢进入三峡，你可以想见：三峡里那些长年累月以撑篙为业的水手，都是些怎样舍命挣扎、以死拼搏的角色了……

　　人哟！贫富不齐，性若云泥，纵然是坐在同一条船里一块儿风浪中历险，也抹不去灵魂上的界限。"长年三老长歌里，白昼摊钱高浪中"，篙师水手声嘶力竭喊着号子在与恶浪苦相搏斗，拼死拼活，嗜财如命的富商们却是坐在舱里全神贯注的进行赌博。水浪汹然四起，是要将赌博者肉墩墩的嘴脸窥个究竟呢？还是牙齿痒痒，恨不得一口吞没了这苦乐失衡的一船老小！

　　杜甫能在风吼浪撕中吟下这不亚于"朱门酒肉臭，路有冻死骨"的写实诗句，"笔落惊风雨，诗成泣鬼神"，真不愧为"诗圣"。

　　摊开一叠长江三峡的彩照，最鲜亮、瑰丽的是一帧从群山万壑之中倾折而下的长江："白波一道青峰里"，山淡蓝而水清亮，诸峰笔陡如翠屏，曲折的长江直如开裂大地的一霎闪电。这是大地上罕有的、在人类生死线上曾经烁动过的一道闪电。

　　长江三峡蓄水之日，这些难得的画面即不复存在！怀恋那消逝得并不遥远的景观，我便写下了多年前的所闻所见……

闲笔小语

一

春夏秋冬，色彩大抵是红、绿、黄、白。也可以这样归纳：春——种子萌动至鲜花盛开；夏——花瓣凋零到青果形成；秋——一切青涩的果实渐趋成熟；冬——收藏与贮备果实。因为果实以圣洁的白雪覆盖，也就为来年留下了籽种。

二

飘落于地的雪花是短暂的，高耸于云天之外的雪山则终年不化。爱国的林则徐戴罪西行，吟下"满头晴雪共难消"的诗句，融天际风云与人生风雨为一炉，属于千古绝唱。

三

父母热爱下一代的情怀是"飞流直下"，儿孙辈孝敬老人则近于逆水行舟。古往今来，世情一贯如此。老人对此心知肚明，可他们仍然是不由自主地飞流直下，直至生命的终点。

四

从击石取火发展到火柴制作，经历了漫长的过程。人类取用"火柴"的本领，貌似简单，进步却一直缓慢。一个日本人如此比喻："人的才能似一盒火柴，一根都不用是愚蠢的；倘若乱用，则是危险的"。时代在前行，以后的孩子们，是不解火柴为何物了。

五

人生路漫漫，这路是一个不易觉察的小斜坡，一边是玉成君子的春畦，一边是陷落为小人的泥淖。行进途中，稍有失慎，滑向泥淖一边是很轻易的。是为"从善如登，从恶如崩"。

六

世途无从逆料——风来浪也白头。

身处荆棘中——不动就不疼。

人是苦虫，斯世尽知；人为贱货，识之者鲜。

名利之毒，甚于鸦片；鸦片可禁，名利则抵御无术。

七

　　有难同当，有福同享，按说是连襟一体的。而历史上有多少共过患难的战友，胜利之后则划分为上下君臣，很快就处于互相残害的敌对境地。福祸之间，因为地位变化而诡异莫测，这是人世间无药可医的顽疾。

八

　　无常无常，就是那个常常等在门旁、路边的死鬼。一天到晚记挂它，属于自找没趣，可完全忘却它，不当回事，似也欠妥。正确的态度是心中有数，坦然地、顽强地走自己的路，干自己该干的事情。

九

　　人与人之间，直言指责不可怕，可怕的是假意的奉承。
　　劲敌不可怕，可怕的是口蜜腹剑的朋友。
　　死亡不可怕，可怕的是病病恹恹、半死不活。

十

　　孔子认为"唯女子与小人难养也"，封建帝王则认为，文人最是难养，近之倨傲，远之则怨。在动乱年月里，文坛更是一幅文人们彼此打得头破血流的混乱景象。文坛糟烂成那等状况，完全是"名利"二字在作祟。

十一

人生于世,坏毛病易于感染,好习惯很难养成。要消化坚冰,耐心静待为上上策。没有内在能力征服"自我"的人,归根结底是养不成什么好习惯的。

十二

"国家、国家",国在前而家在后,国是"大我",家是"小我",国破而家亡,国衰而家苦。李清照的"生当作人杰,死亦为鬼雄。至今思项羽,不肯过江东",如果不了解楚汉之争,不了解宋王朝仓皇南逃的狼狈相,不了解历史的艰难进程,要理解李清照的这首绝句,是不可能的。

十三

内心将自己看大了的人,实则是另一类型的盲人。

人生途中,若要追求有意义的目标,捷径是万万走不得的,因为捷径前边多的是虚光,虚光里隐伏着荆棘、陷阱。

十四

进入孤独的老年,生趣褪消。倘有了文学的幻影,文友之间互为欣赏,则是心灵间流动着的温暖,彼此慰勉,也算是相濡以沫。所以,有见地的感情交流,是老年人之间稀薄而珍贵的礼品。

十五

疾病的痛苦是很现实的，死亡的恐怖则属于虚幻。

死亡，实际上是人生苦难的最大解脱，也是对一个人生命价值的最终鉴定，俗谓盖棺定论。

十六

花红有一落，萎落分先后，终究要落地。人迟早是要死的，猝死，或许是最佳的一种辞世方式。

绝缘于死亡所携带着的任何恐惧；

脱离苦苦挣扎的无能为力的痛苦；

摆脱了生活无法自理给亲人所造成的繁重拖累。

所谓善终，就是脱离病痛，没有挂碍和烦恼，迅捷地离开人间。说走就走，干净利飒。安乐死能有猝死的这些优长吗？

十七

初恋是互动的过程。爱和被爱，致使幸福感连续翻番。假如是一头热络，单爱的一方则会痛苦翻倍，不限于"多情却被无情恼"。

真爱无声，爱的最佳境界是缄默无言，然而爱又不可能静若处子，它总想追求那隐藏着的更大的秘密。

十八

爱情是鲜花,色香俱佳;婚姻是果实,味道分酸甜苦辣。长久的婚姻是彼此磨合、互相妥协的产物;所谓的花好月圆,稍纵即逝。

婚爱是只宜种树,不盼待收获什么果实的。如果期待回报,就不会有什么快乐与幸福。

十九

雄心勃勃的男人,总是像钱谦益那样高谈阔论些牛气冲天的时代大事;灵气蕴藉的女性,却像柳如是似的喜欢注意些不可放过的细节。

男女之间的这等微妙差异,嗣后似乎被一个人参透了:

鲁迅认为文人最浪漫的是,在满院红叶飘零的傍晚,忽然转身吐一口血,立时有纤纤素手温柔地将一件风衣披在他的肩上……

二十

惦念人好,善见人长,是一种难得的智慧,也是学习做人途中之正道。与人交往,如果总是发现自己高人一筹,比人聪明,这只能证明自己是个目光短浅的庸人。

二十一

权力是行世的兵器,财富是蜗牛的壳儿,名誉、声望是水面上浮游的萤火虫,儿女孝顺是老年人扶持移步的拐杖。

二十二

官场之所以险恶，一个重要病灶在于吏治腐败：因为晋升的途径，大抵上认可谄媚巴结，认可行贿之多寡，认可弄虚作假的本事，不在意勤奋努力，埋头苦干，而且厌恶直言敢谏。

二十三

人只有在步入老境时，才能够渐渐地懂得健康的价值。可到了这般时候，药物、手术之外，其余一切挽救手段都有些"马后炮"了。尤其是没病时节滥用药物，待得有病之日，连好药都蜕化成药渣了。

二十四

"年寿有时而尽，荣乐止乎其身，二者必至之常期，未若文章之无穷。是以古之作者，寄身于翰墨，见意于篇籍。"曹丕的这个总结真是透彻。放眼大千世界，一切都是身外之物，唯有书籍是个例外。人死了，他的文字如果得以流传，也就是他个人的生命在延续，而且是唯一的延续。也难怪，仓颉造字而鬼夜哭。

二十五

倘若这个世界上没有书籍诞生，人类在进化的途中，步伐行进之迟钝、缓慢，简直难以设想。

普通人要真正成长为一个读书人，很不容易。聪明过人的陶渊明，对书是"每有会意，便欣然忘食"。我们平常人，能读懂、能"会意"多少汗牛充栋的书籍呢？

二十六

只有经常省察自己有愧于心的那些作为，才是修身的正道。

一位女作家说得好："我们每个人都不忍细看自己，细看会导致头昏目眩、脚步不稳。越是害怕细看自己，就越是要急切地审视他人，以审视出他人的种种破绽，来安慰我们自己那不可告人的心。"人在阳光下，只能看到自己的影子，想要真实地估量自己，是很困难的。

二十七

奴颜婢膝者又极容易趾高气扬。有人稍微有了点钱，便傲气得不行。每见到那些以"大腕"自居而争执高下者，我就想起阿Q与小D干架的情景："四只手拔着两颗头，都弯了腰，在钱家粉墙上映出一个蓝色的虹形。""钱家粉墙"，绝妙。

二十八

一位教师喜爱孤独，觉得平生最大的乐事就是一个人待着。我这样补充他：一根小小红烛照彻一室，满屋亮堂，仿佛也能照亮自己的灵府。相反，热闹红火，成堆的蜡烛会冒起黑烟，甚或致成火灾。

二十九

真正的作家，其佳作是打磨出来的。伏案经年，唯觉文章之修改未有尽期，可这涂来抹去的途中，又伏藏着不易觉察的乐趣，笔底如意时，襟怀愉悦，禁不住会心一笑。

自己干不来的事情，就不要指手画脚，要别人干出个名堂来。我喜爱文友之间推心置腹的交流、切磋。那些一篇文章也写不来的评论家，高谈阔论，令人反感。

三十

爱国，得具备内外两方面的素质：虚心取人之长，以之为鉴，勇于剔除自身丑陋肮脏的东西，对外要有骨气，有血性，谨防欺凌，抗拒侮辱。简言之，内不宜藏污纳垢，外不能奴颜婢膝。

三十一

爱是充实了的生命。爱情的顶峰是清醇美酒盛满了酒杯。醇酒性烈，烈酒易燃，致使爱情与死亡最为切近。长远的爱情忌讳狂热。"同生共死"一词，常常是狂热时的呓语，最后兑现的几乎没有。

三十二

既然埋下一粒种子，就要有虚怀等待的耐心，总是翻开土去观看，发芽的种子也会死亡。

人一旦养成习惯，无形中即形成惯性，比如从上到下扣扣子，总是在扣最后一个纽扣时，才发现最初的第一个就错位了。

三十三

人类的生命大多数是充满着欲望，而欲望与外物，关系微妙。渴望得到的东西，一旦到手，当即兴趣尽失。而在这个人心里褪了色的东西，很快又成为他人渴望获得的宝贝。

三十四

人死即灯灭，是个绝妙的比喻：一旦油尽灯灭，任是什么都不复存在。人的精神意识就像灯光，夜里灯亮，光明充满居室。有的人喜欢大白天点着灯消磨光阴，到了夜间用灯之际，油反而少了。

三十五

屈原是抱着石头投江的，杜十娘是抱着百宝箱沉江的，老舍是将文字撕成碎片投太平湖的……由痴情所编织成的爱与恨的分量，内含实在沉重。

三十六

追逐名利者，怎么也不可能挺直自己的腰杆，原因是骨头里缺钙。

人生如果勘不破"生死"二字，也不可能摆脱名利的纠缠。

三十七

每个人一生，都是坐在一只命运有定数的船上。唯有书籍，是他手中的桨板，越是善于读书的人，在划行中越是善于运用手里的桨板，让命运之舟朝着理想的方向航行。

三十八

诸葛亮很有才能，可蜀国的事业终归失败。王猛远见卓识，他一死，尊重他的苻坚让前秦迅即崩溃。王安石是个人杰，宋神宗很为信任，可新政硬是行不下去。往近处说，日本人当年侵华，自以为胜券在握；蒋介石剿共，自认为"安内"成功是迟早的事……现在回头来看，结果怎么样呢？

天下大事，从来就是"天意从来高难问"的。

三十九

人生的每一步，都会留下深深浅浅的足印，大多数也就淹没在岁月的尘埃里。能留下来而变成文字，与朋友分享，即属于一种福气。

四十

膝盖骨越软，对手就越是肆意拿捏。跪地求人者，因为膝盖骨软，注定是站不起身的。中国的文化人，总体上是输在"骨气"二字上。所以屈原、司马迁、文天祥、秋瑾、鲁迅……就显得异样高巍，空前绝后，难以逾越。

第六辑　有暗香盈袖

从醉翁亭说起

醉翁亭在滁州琅琊山麓,岳阳楼处于岳阳洞庭湖畔,分别坐落于长江两岸,东西相距千里之遥。《醉翁亭记》出自欧阳修,《岳阳楼记》出自范仲淹。二记精短,合起来也就770个字。异地而同时,二记俱形成于庆历六年(1046)。

《岳阳楼记》波澜雄浑,展现出范仲淹"腹中自有数万甲兵"的云水襟怀及其"先天下之忧而忧,后天下之乐而乐"的崇高境界。《醉翁亭记》纤徐有致、流动潇洒,深深地隐伏着欧阳修强烈的政治忧患和人生感喟。近千年过去了,细读欧阳修,我们似乎也只能取"高山仰止"的份儿。

欧阳修一杆笔纵横开阖,文备众体,诗、词、文、赋之外,其《六一诗话》则开创了文艺评论的新体裁,并在史学、经学、金石学方面有很高的造诣。唐宋八大家里,宋代占六位。欧阳修"奖引后进,如恐不及,赏识之下,率为闻人。曾巩、王安石、苏洵、洵子轼、辙,布衣屏处,未为人知,修即游其声誉,谓必显于世"(《宋史·欧阳修传》)。

那个时候，几乎所有的文学家都得到过欧阳修的推举、延誉，这里点名的五位大家，正是由欧阳修率领着步入中国文学史的。

史学家宋祁，比欧阳修年长9岁，与欧阳修一起编修了为后世称许而进入二十四史的《新唐书》。定稿之后，朝廷派御史告诉欧阳修：按照历朝修史的惯例，撰写人只能署最高官职者的名字，"公（指欧阳修）官高当书"。欧阳修回答："宋公于列传功多，吾岂可掩其名乎！"于是，纪、志书修，列传书祁。宋祁知道后佩服地说："从古以来，文人相轻。像欧阳公这样高风亮节者，前所未闻也！"

至和二年（1055），欧阳修担任贺契丹登宝位国信使时，契丹使其国地位最高的四大贵臣在宴会上一齐作陪，史料记载"此非常例，以卿名重"，于此也可见欧阳修声望之高。

后来的人们总是认为，欧阳修其所以位高望重，声誉远播，根本原因是"翰墨致身"——他的文章写得好的缘故。然而宋史记载学者求见欧阳修之际，彼此交流，"未尝及文章，唯谈吏事，谓文章止于润身，政事可以及物"。也就是说，欧阳修认为军国大事才可以惠及万物，于国于民有所裨益，而会写文章以抒发襟怀，仅能滋养的是个人的精神气质。后世所推重的诗文名篇，包括《上范司谏书》《与高司谏书》《朋党论》《秋声赋》，以及《醉翁亭记》之类的文字，在欧阳修的心目中，只是为官从政的副产品罢了。

说起欧阳修的从政生涯，则不能不提及比他年长18岁的范仲淹。

庆历三年（1043），宋仁宗任命范仲淹、富弼、韩琦同时执政，欧阳修、蔡襄等人同为谏官，开始了有名的"庆历新政"。庆历四年（1044），欧阳修写下了政论文中的精品《朋党论》，论据充分，论证剀切，从理论上彻底掀翻了一个涉及朋党之争的历史大案。因为切中时弊，从根本上触犯了暮气横生的腐朽政治集团，改革失败后，范仲淹、欧阳修他们被诬为"朋党",同时被贬。实践证明,文章无论怎样的缜密到位,说到底也还是纸上谈兵的翰墨功夫,范仲淹、欧阳修他们之横遭贬黜,却是不争的现实。峰回路转,令人意想不到的是,"文章憎命达",也正是在被贬黜的境遇里,又同时出现了散文史上的两朵奇葩:《醉翁亭记》与《岳阳楼记》。

二记并读,从中可感知两位作者襟抱相投,气质相类。宋史评价欧阳修"天资刚劲,见义勇为,虽机阱在前,触发之不顾。放逐流离,至于再三,志气自若也"。将这31个字移用在范仲淹身上,也真的是天衣无缝。从共通的襟度气质上,也不难揣度出他两人何以能写出那等大气磊落、面对浩浩长江而互为照应的文章。

醉翁亭里,"苍颜白发,颓乎其中者,太守醉也"。这正是欧阳修的自我画像。他不到40岁,须发尽白,自诩为"翁",连皇帝看见,都觉得可怜。笔者觉得,欧阳修并非是读书人那样为穷经而皓首,他这纯粹是严酷无情的政治斗争堆在头上的永冻难消的霜雪。"醉翁"二字,作为欧阳修的自画像,是最成功的一帧,也是最让人心酸的一幅。后世的人们向往滁州,许多是奔着欧阳修而来的;正如人们之向往岳阳,仰慕的是范仲淹的风骨与文采。

    忧劳可以兴国,逸豫可以亡身。
    夫祸患常积于忽微,而智勇多困于所溺。
    祭而丰不如养之薄也。
    万树苍烟三峡暗,满川明月一猿哀。

单是凭这些耳熟能详(耳熟能详一词,也出自欧阳修的《泷冈阡表》)的名言警句,就可以想见欧阳修是个怎样的文坛领袖了。

欧阳修的文章"超然独骛，众莫能及"。真正理解欧阳修为文之道的，应推当代作家孙犁。孙犁认为："道德文章的统一，为人与为文的风格统一，才能成为一代文章的模范。"也正因为如此，欧阳修的文章才"见重于当时，推仰于后世"。

孙犁究竟是因为什么缘故而能深至地认知千年前的欧阳修呢？我忽然想到了1982年的12月4日。那一天，当出版社为孙犁老人赠送新出版的《孙犁文集》时，孙犁从楼上看到一位女编辑抱书上楼的肃穆情景，心中万般感喟："她怀中抱的那不是一部书，而是我的骨灰盒。"大道低回，古今同理。文学殿堂里真正的散文精品，作者的文字与他的骨灰是化为一体的。

《三滴血》探源

天水籍学者千里青是我大学时的老师。在我心目中,他对秦腔剧目及其演出的熟悉程度,非一般研究者所能及。他说过:"在陕西,如若推选观众最熟悉的剧目,《三滴血》定然居于榜首。"

风靡于西北的《三滴血》,大致情节如下:

山西的周仁瑞在陕西韩城县(今韩城市)经商,生意折本,妻子又于产后死去,留下一对孪生儿子,他迫不得已卖了一个、自己抚养一个。10多年后还家山西,想不到弟弟周仁祥企图独吞祖产,硬说哥哥带回的儿子是"野种";官司打到县衙,县太爷晋信书用书本上记载的"滴血认亲"来判案(剧里的第一次滴血),断定周仁瑞之子周天佑不是亲生,逐出县境。周仁瑞的次子卖于陕西韩城李三娘做义子,取名李遇春,并与三娘的女儿李晚春定亲。行将成婚时,李三娘不幸病故,恶霸阮自用欲强娶晚春为妾,控告遇春、晚春是"姐弟成亲,有伤风化"。韩城县官断不清这二人是否同胞,请求"上宪"将晋信书从山西调来判这一案官司。晋信书又一次"滴血认亲",活活地拆散了一对夫妻,遇春逃亡,晚春也在阮家的新婚之夜逃出虎穴。后来，周天佑、李遇春路途邂逅，情义投合，患难中结为金兰；再后来，彼此立下战功归来，喜烛双烧，阖家团聚。那个晋信书被削职为民。

晋信书上边是两度滴血，为什么剧名称作"三滴血"呢？因为第一次滴血以后，周仁瑞硬是不服，认为晋信书这是胡闹，晋信书为了证明"亲骨肉的血，没有不粘合的"，又把周仁祥父子调上堂来进行"滴血"实验。前后滴血三次，剧名就成为《三滴血》了。

大堂上铜盆里的反复滴血，特别是晋信书用周仁祥父子进行实验，务必要证明真理握在他的手里，便揭示出此剧的源头是纪昀的《阅微草堂笔记》。且将原文抄录如下：

> 从孙树森言：晋人有以资产托其弟而行商于外者，客中纳妇，生一子，越十余年，妇病卒，乃携子归。弟恐其索还资产也，诬其子抱养异姓，不得承父业。纠纷不决，竟鸣于官。官故愦愦，不牒其商所问真赝，而以古法滴血试；幸血相合，乃答逐其弟。弟殊不信滴血事，自有一子，刺血验之，果不合。遂执以上诉，谓县令所断不足据。乡人恶其贪媚无人理，佥曰："其妇夙与某私昵，子非其子，血宜不合。"众口分明，俱有征验，卒证实奸状。拘妇所欢鞫之，亦俯首引伏。弟愧不自容，竟出妇逐子，蹲身逃去，资产反尽归其兄。闻者快之。

陕西的范紫东依据上文，在纪昀逝世百年之后，改编为秦腔《三滴血》。将这节文字与全剧认真进行比较，可以肯定的是，《阅微草堂笔记》里的记载仅仅是引线，而《三滴血》则是炉灶全新的创作。

黄河两岸二"司马"（司马迁、司马光），是史学界对峙的两座文化高峰。在这里，却出现了一个泥"书"不化的晋信书。周仁瑞一家，隔一条滔滔黄河，为生计奔波于秦晋两地，却又被这个隔山渡水的晋信书异地判案，硬是将夫妻拆散，父子离分，一家人在两个省分为数起，生离死别，波澜迭生，情节曲折而不离奇，头绪纷纭又不杂乱，先后多次以6人之血滴于同一"穴位"，最后形成的归结点是揭露晋信书的"死读书，读死书"，眼睁睁制造一连串的冤假错案。

"尽信书，则不如无书"，这是孟子2400年前所说的话。晋信书三字正是"尽信书"的谐音。死心塌地迷信书本，实在是贻害无穷。1959年，田汉认为此剧妙趣横生，且寓意深至，可以"追步莎氏"。

《三滴血》其所以能风靡于西北（后摄为戏曲影片），正是它深深地扎根于中国历史、来源于现实生活的佐证。中华民族的文化源远流长，由此剧的成功改编，可窥知一斑。

千里青是天水人。巧合的是，在《三滴血》里扮演周仁瑞的老演员刘毓中，关键处非常动情，令观众唏嘘、下泪；可这个刘毓中，是陕西临潼人，新中国成立前，却在天水唱过7年戏。天水的老辈人，对刘毓中是很熟悉的。

重温《好了歌》

迷恋《红楼梦》者，着眼点各不相同，让我最难忘怀的，是第一回里的《好了歌》：

世人都晓神仙好，惟有功名忘不了！古今将相在何方？
荒冢一堆草没了。
世人都晓神仙好，只有金银忘不了！终朝只恨聚无多，
待到多时眼闭了。
世人都晓神仙好，只有娇妻忘不了！君生日日说恩情，
君死又随人去了。
世人都晓神仙好，只有儿孙忘不了！痴心父母古来多，
孝顺儿孙谁见了？

由跛足道人所唱出的这首歌词，共112字，其间真正腾挪变换的，也就半数文字。全曲着力于客观扫描，每一节都含有耐人寻味的二重性。

比如第三节的"君生日日说恩情,君死又随人去了",金屋藏娇、迷醉于闺房之乐的男子,尚非放浪形骸之徒,可对他的这位娇妻,歌词却嘲讽其丈夫死后即琵琶别抱,这不有"卫道"之嫌吗?还有第四节,面对孝顺儿孙从来鲜见的人生现实,天底下一代代生儿育女的长辈,难道就应当褪其痴心而淡化亲情吗?

人生于世,心窍通灵而具备七情六欲,属于正常现象,否则,便与顽石、禽兽无异。调换一个角度去看,欲望历来就是社会发展的动力,千秋万世的人欲此起彼伏,潮汐般交叠为用,及至将那些最有才华最有能力的人类精英都赶到了一架旋转不已的踏车之上,这才推动着历史车轮不断地前行。

全部问题的症结,在于天下事都有个度与量,适度、适量属于天经地义,毋庸指摘,过与不及,则走向反面。"世上无如人欲险,几人到此误平生",这里所针对的是常规生活的另一方面:社会由个人组成,而个人立身、行世的险要、艰危之处,莫过于私欲膨胀。《好了歌》的本旨,正在于以隐晦委婉、含蓄不露的方式提醒人们:警戒"贪"字,节制欲望。

歌词精炼巧妙地提摄归纳出四大人欲,置"功名"于首席。

"功名"本指功绩与名位,当"将相"们的历史风云掠了过去,随即转化为单纯的官职和地位。在我们这个古老的国度里,人一旦求得"功名"而戴上乌纱帽,什么事情都好办了;官做得越大,外部的束缚力越小,越能遂心如意。世间流传"心想事成",为官者用不着惦记金银,金钱就无孔不入地涌过来了;不需记挂儿孙,自有人安排着"入学、从政、出国";更不用寻花问柳,美女们也会竞相投怀送抱……残疾者对世情的参悟力超乎寻常,跛足道人一开口就唱出"世人都晓神仙好,惟有功名忘不了",显然是曹雪芹的精意安排。千万字的巨著《红楼梦》,鲜花着锦，盛而后衰，不就是围绕着"功名"二字展开的吗。

历朝历代的衮衮诸公如过江之鲫，"身后有余忘缩手"的高官显贵摔跌下来者接连不断，可究竟有几个知足知止、能够自动地抽身退步呢？究其原因，是"功名"的诱惑力太强烈了，前途隐藏有暗礁、深渊，可它所呈示出的，偏偏是灯红酒绿的无上辉煌，导致入仕者的贪慕之心不由自主地由小及大、竭力上攀。求官热切者必作伪，求利过甚者必趋邪，无法控抑于热络，难以节制于细微，自律、克制的堤防全线崩溃。巨大利益挟裹着他们，很快即等同于少女之于色狼，细虫儿之于麻雀，骨头块之于流浪狗……因欲火中烧而走火入魔，自烈火烹油直至于爆裂粉碎，便成为既定的规律。

茫茫尘世有似于一潭浑水，而名利纠葛更似水潭里诡谲莫测的套着光环的巨型漩涡。官场上下，古今一辙。难怪跛足道人在对《好了歌》作解注时，重点仍然落脚于自盛而衰的豪门与仕途。

《红楼梦》之开卷，即特意安排一位疯疯癫癫的道人吟唱《好了歌》，朗朗上口的节奏、韵律，契合着落拓道人行进时的步调、节拍；它不同于民歌，所蕴含的哲理性又远远地超越着民歌，尤为难得者，是用古老的中国汉字将尘世间建立功业、发家致富、贪恋女色、顾念后辈的诸多微妙心态，简洁凝练地做了个总结："可知世上万般，好便是了，了便是好。若不了，便不好；若要好，须是了。"这些脱口而出的话貌似胡言乱语，实则非常哲学，其底衬则是对于尘世的凄然与无奈。在这里，中国汉字是进入了炉火纯青的境界，自然，也就谱定了《红楼梦》的基调与旋律。

本人年轻时读过《红楼梦》，暮年迟钝，脑海里只剩下化石样的《好了歌》了。天底下歌手如林，歌词多矣，忖度其针砭古今时弊的寓意、张力，似乎尚未见出其右者。既然这样，能否目之为一曲"绝唱"呢？

日月苦短，贪欲毁人，我佩服跛足道人所留下的至理名言，顺便也来狗尾续貂，诌句如下：

世人都晓神仙好，功、利、妻、儿忘不了。
四条"蛇虺"纠缠疾，双腿一蹬眼闭了！

失序与缺钙

某出版社近期出版了 12 卷精装的《新中国散文典藏》，用力良多，包罗宏富，序言认为："这是散文界与中国学界的一件大事，必将成为一个重要的界碑与标志。"全书收入 251 位作家的作品，本人也忝列其间。翻检全书，我却是有点异议，起因是排在首卷首位的是周作人。选个臭名昭著的大汉奸在新中国散文的系列里领头，实在不是个滋味。

周作人小其兄鲁迅 4 岁。抗战期间，出任华北政务委员会常务委员兼教育总署督办等伪职，1945 年以叛国罪被判刑入狱。主编者却认为"人归人，文归文"，周作人的"散文创作是如此的辉煌与壮丽"。可此书里收入的两篇作品，我是怎么也找不出什么"辉煌与壮丽"，本人拙笨，无奈。多数论者，一再推崇的是周作人的理论主张。

散文的个性化是周作人一以贯之的创作理念，他将"言志"与"载道"对立起来，尤其注重于抒发个人感情，于是便提倡"美文"，认为美文的特征是"真实简明"，从字面形式去看，这样的美文也合乎情理；问题是倡导美文而否定"载道"之际，周作人奉劝人们对岳飞、文天祥"不必去学"，认为这样的人是"徒有气节而无事功，有时亦足以误国殃民"（《关于英雄崇拜》）；继而进一步提出："秦桧的案，应该翻一下"（《再谈油炸鬼》）。有如此理论开道，几年之后，日寇入侵，周作人就水到渠成地叛国附逆，当了汉奸。

文人之无行，周作人算是走到了极致。其举动遭到文化界的强烈谴责。1938年5月，武汉文化界抗敌协会通电全国之外，其会刊《抗战文艺》刊出了《致周作人的一封公开信》，谴责他"昧却天良"，"背叛民族，屈膝事仇"，"贻文化界以叛国媚敌之羞"。

鲁迅先生是文学界的旗帜。这部《典藏》却将鲁迅排斥于外。巴金在《怀念鲁迅先生》一文里写道："人品和文品是分不开的。""血荐轩辕"的鲁迅享年55岁，而卖身求荣的周作人活了82岁，难道是因为周作人活得长久，就能在文学界取代鲁迅的位置吗？

周作人又名周启明，在他叛国附逆之前，鲁迅对其评价就是"周启明颇昏"。现在进入21世纪，认为鲁迅与这个"颇昏"的弟弟是双峰并峙者，倘非昏上加昏，真让人怀疑是别有用意。孙犁认为"参天者多独木，称岳者无双峰"，他在1974年秋天的《书衣文录》里怀念鲁迅先生时写道："而因缘日妇、投靠敌人之无聊作家，竟得高龄，自署遐寿。毋乃恬不知耻，敢欺天道之不公乎！"沾沾自喜而自署"遐寿"者，正是这个周作人。

历史与实践反复证明，针对以抒发性灵为重的散文而言，言为心声，"文如其人"是一条不可移易的原则。明代严嵩有过"晚节冰霜恒自保"的诗句，奸佞阮大铖的《咏怀堂集》也不无"小慧"，将其诗文与其人品两相比照，倘非伪诈奸巧，自欺欺人，最起码也能进一步看出他们人性深处复杂微妙的变异历程。

周作人骨头软，鲁迅的骨头最硬。理论界一致认为，我们的散文创作近些年阴盛阳衰，严重缺钙。缺钙也者，也即"抽掉了文学的骨气和血性"。探究缺钙原因，却似乎难得要领。这部《典藏》将被钉在耻辱柱上的周作人列为领衔人物，或许能透露出几丝消息。

新中国成立67年了！出版《新中国散文典藏》，寓意大好，编者也下了很大的功夫。我却是怎么也想不通：这部《典藏》因为时间限于新中国成立之后，就算是没有鲁迅先生的份儿，可为什么偏要拣一顶污秽难闻的"毡帽"冠于《典藏》的头上呢？

呜呼！天如假年，鲁迅先生若能够活到新中国成立之日，在这部《典藏》里就能取代周作人的"领衔"位置吗？我看也未必。

景仰杖藜人

杖藜者,多指腿脚不便而上了岁数的人。我这里景仰的,是《中山狼传》里"遥望老子杖藜而来"的那位"丈人"。

儿时翻看小人书《东郭先生》,非常崇拜那位站在奔驰的战车上扯弓搭箭、对"人立而啼"的中山狼奋力攒射的赵简子。武功超群的赵简子,行猎时乡官前导、鹰犬罗后,所过之处惊尘蔽天,足音雷鸣,十里之外,不辨人马。幼年之仰慕,与我长大后从戎也有些关涉。实际上,赵简子和杖藜老人只是故事里的陪衬人物,文中所着力刻画的,是贪婪诡诈、忘恩负义的中山狼和迂腐麻木、滥施仁慈的东郭先生。

社会发展,人口剧增,现在的原野上很难见到狼了。但在时下,马中锡的《中山狼传》,仍不失其现实主义的尖锐锋芒。

东郭先生,代表着一类广泛而糊涂的人性。明知狼"性贪而狠,党豺为虐",却溺于泛爱,袒遮庇护,他欺骗赵简子,救下狼之后,狼却要吃掉他,"先生仓促以手搏之,且搏且却,引避驴后,便旋而走,狼终不得有加于先生,先生亦极力拒,彼此俱倦,隔驴喘息。"像东郭先生这样烧香惹鬼叫、直弄得自己"隔驴喘息"式的自以为饱学的角色，今天仍大有人在。

捻指间，本人也年逾古稀了，重读这则寓言，大约是年岁相仿所致，忽然对文末的杖藜老丈产生了浓厚的兴趣：

> 遥望老子杖藜而来，须眉皓然，衣冠闲雅，盖有道者也。先生且喜且愕，舍狼而前，拜跪啼泣……丈人闻之，唏嘘再三。以杖叩狼曰："汝误矣！夫人有恩而背之，不祥莫大焉。儒谓受人恩而不忍背者，其为子必孝，又谓虎狼之父子。今汝背恩如是，则并父子亦无矣！"乃厉声曰："狼，速去！不然，将杖杀汝！"

狼就是狼，不服训诫，狡辩再三，最后被丈人处死于布囊，弃扔于道而去。这位很平常的村野老者，未必博览群书而有多大学问，可他正气入骨，善恶分明，遇事沉着，处变泰然，惩恶狼有如弈棋，救焚溺易于反掌，真不愧是一位神仙似的"有道者也"。杖藜老人性格坚卓，活得潇洒，处置恶狼后，对东郭先生说道："仁陷于愚，固君子之所不与也。"言已大笑，先生亦笑。同样是笑，杖藜老人的笑是开心清爽的、坦然明亮的，自以为学富五车的东郭先生，则笑得有些尴尬。

杖藜之"藜"，即乡野常见的灰菜，一年生草本植物，嫩叶可食，老茎可作拐杖。杖藜老者，穷而骨朗，对人情世故了然于胸、迂腐透顶的东郭先生，这个时候应当跪地拜师才对。

从古以来，儒家忠恕，佛家诚善，道家空灵，墨家兼爱，其共通的弱项乃惩恶乏力，将世事推诿给轮回与天命，致使污浊、腐败之气长期侵蚀着社会与人生。然而在广漠的大地原野上，在人间不起眼的生活角落里，也正因为不乏"杖藜"的有道者，中山狼之辈才很难得逞，总也成不了气候——经验难得，阅历可贵，老年人切近于恢恢天网，是全社会的宝贵财富。

活到老，学到老。少年时钟爱赵简子，属于天真孟浪；中年时未改初衷，分明为志大才疏；而今进入晚年，转而景仰杖藜者，也算是随着光阴趋向于成熟吧。

生活是美的基地

美是人类生活的有机组成部分。生活是美的基地。

没有生活（含大自然），也就无所谓艺术美。如果认为瑰丽的鲜花贴近于艺术美，那么没有土地，则不会有鲜花。

隐伏于生活中的美质，实际上并不神秘。老百姓的日常生活，与"美"也结下了不解之缘。关中农村常听到带有"美"字的口头语：吃得美，睡得美，玩得美，想得美……通常指的就是质好、量多，享受得开心如意的意思。这种原始的直觉的美，流动活泛，许多时候，又逸出俗常生活的既定范畴。比如想得美，就是想入非非，想得天花乱坠，脱离实际，有点做梦娶媳妇而口流涎水的痴傻意象。再比如吃得美，吃得香、吃得饱，大享口福，可也掺杂有狼吞虎咽、饕餮失形的丑陋意象在其间。

社会上许多事情，约定俗成，很难立马分清好与坏、美与丑，尤其是繁华热闹的庸俗场合，美与丑更容易混淆、颠倒。

穿名牌，佩名包，涂脂抹粉，搔首弄姿，美吗？

虚张声势，恣意卖弄，口若悬河，买空卖空，美吗？

鼻眼朝天，颐指气使，前呼后拥，招摇过市，美吗？

腰缠万贯，趾高气扬，花天酒地，大肆挥霍，美吗？

金钱与权力，与美在骨子里是不相容的，它张扬虚荣，炮制"美"之泡沫，对美的真旨只能起歪曲、污染之效。凭仗钱、权以攫取美，最后只能是粉碎美质。世间一切假恶丑，说到底只是生活基地上催生美的有机肥料，也仅仅是肥料。

素面朝天是自信的美，薄施粉黛是自尊的美，那么，浓妆艳抹算什么呢？许多浓妆艳抹者，卸妆后近于白骨精，令人不敢细看。时下参与整容的女性，往往欲求美而反获丑，违却本意，丑陋益甚。这说明，美与丑之间仅隔着一层薄纸。

在这个世界上，美是公共的，爱是私密的；虽然爱美之心人皆有之，而美是变化莫测、难于捉摸的，用歌德的话说，"它是一种犹豫的、游离的、闪耀的影子"。也就是说，大美真美，乃石光电火，隐于自然，精灵一样稍纵即逝，是任何个人、任何私家所无法占据的。

生活美与艺术美并非一回事。

生活之美存贮于先，隐晦不明；艺术之美形成于后，有似虹霓。倘是没有艺术家从生活中感悟、提炼，世人就无从获得大美的享受。

艺术家求神韵、贵玄远，能够创造、提炼出"高于生活"的艺术美。"鸡声茅店月，人迹板桥霜"；"柴门闻犬吠，风雪夜归人"；"几处早莺争暖树，谁家新燕啄春泥"；"竹外桃花三两枝，春江水暖鸭先知"；"明月松间照，清泉石上流"；"野旷天低树，江清月近人"……原本属于寻常可见、画面简素、人不在意的自然现象与生活场景，经过艺术高手的创作、提炼，便上升为难得的艺术美。艺术美别成意境，耐人寻味，与真美、大美更为切近。君不见，人迹罕至处的月色，分外皎洁、别样的深情吗？否则，又怎会深化出"月上柳梢头，人约黄昏后"的绝妙境界呢？孙犁称此种美为"人间天上"的东西。

那么艺术美会高于生活美吗？

生活里假如没有真善美，艺术美则无所凭依。真善美三者，第一是真，第二是善，美居第三，造化为艺术美设置了无从逾越的天然界限。

生活中潜伏着的最高的美，与真与善是一个相契相融的有机体，"并非是能够靠人力创造出来的"（培根语）。如果说具备艺术天赋者是艺术的种子，那么生活无疑是寓有强大哺育功能的土地。艺术美似乎高于生活美，可也没有自在的藩篱，无法与生活中固有的美质、真谛画等号。

美的真谛是内在的，植根、萌芽于人的心地。才德、智勇、潇洒、慷慨、贞正、坚毅……总体上是质朴纯真、静谧含蓄的。做作是美的天敌，如果刻意炫耀、显摆，哗众取宠，致成的只能是"献丑"。

总体而言，人生本来是有限的温存，背负着无限的辛酸。艺术美是人类突破蒙昧而朝前迈进、向上升华的后期产物，出现在艺术家手底，似乎将温存、美好扩张、放大了许多，艰苦辛酸被置之于背后，仿佛化成次要的了。乍然看去，本末倒置，实际上，正是艺术在尽最大的力量拯救、强化人类生存的信念和意志。人生是在悲剧中艰难前行的，美学是行进中高扬的旗帜。

审美活动就是要在物理世界之外构建一个意象世界。究竟什么是美？为了揭开其间奥秘，古今中外的思想家、美学家、心理学家、艺术家孜孜以求，不断地探索。这探索者的队伍也是千军万马，而真正称得上艺术家的，只能是过了独木桥的极少数。美术界、音乐界、文学界、戏剧界，领先的巨擘、大师，是数得来的几位。

美若彩虹，立地柱天。杜甫、白居易倘是一直彷徨于庙堂而不接地气，笔底能出现"朱门酒肉臭，路有冻死骨""可怜身上衣正单，心忧炭贱愿天寒"这样沟通天地脉络的绝美诗句吗？美之根底在人间，在泥途，或许是出于淤泥的芙蕖；美之花朵在天上，在云端，仿佛是绽放于瑶池的焰火。

大美之真谛，岂易得之？善于读书而理解审美的人，福莫大焉。

闲话百宝箱

百宝箱是贮存心爱之物的小箱子，习见、平常，《辞海》里也就略去了百宝箱的词条。世间最有名的百宝箱，早在400年前，已经被杜媺（即杜十娘）抱沉到长江里去了。

挹翠院是燕京名气最大的妓院，知书达理、能歌善舞的杜媺是院中挑大梁的人物。8年之间，她为"妈妈"所致金帛"不下数千金矣"。杜媺自己存有一个密封绝严的描金画箱，深藏不露，连妈妈也不晓得。入院寻欢者，该出之资妈妈收过了，杜媺箱里所藏，是额外所得，属于"五陵年少"主动馈赠。箱里的收藏越是珍奇贵重，越可以证明杜媺之美的超乎寻常。

媚丽过人却又地位低下，这箱子里也就隐伏着杜媺心底的重大秘密，这秘密就是摆脱受人蹂躏的妓女生涯，步入正常合理的爱情生活。八载为妓，世途艰辛，在这样一个特殊环境里经历了诸色人等，杜媺深知知己之难遇。所以对于好不容易选中的这个李甲，进一步考察的过程中就异样地谨慎、缜密。由于箱里所藏与左右世情人心的"经济"二字密切相连，这箱子自然就成为考察李甲的一块特定的"试金石"，即使在最困难的当口动用箱中之物以应急，李甲也无从窥知内中底细。为什么呢？因为李甲代表着一个阶层与群体，他背后是父亲李布政，而李布政正是政治与经济的巨大化身。杜媺所要追求的爱情，如鲤鱼之跃龙门，终究要穿越这一道严峻的壁垒。

杜媺是一个纯洁化、理想化了的"纯情"妓女的形象，被她相中的李甲，是个没有定见的角色。与同类项的柳遇春比照，够不上好人；与盐商孙富比照，也算不得坏种。李甲在贪恋杜媺的美色时，也还是有爱情的，但爱情处于摇摆状态，时而倾向于杜媺，时而又惧慑于威严的父亲。杜媺耐心地、一步步地等待与考察，正是想将爱情最终定准于自己的这一边。

由于众姊妹及柳遇春对纯洁爱情的合力扶持，杜媺与李甲得以脱离燕京妓院而向李布政所代表的家庭进发；距家门愈近，李甲就越是要考虑到政治与经济这两重生存因素的威逼。行至瓜洲，因为"毒化剂"孙富的介入，李甲终于向家庭的强大身影屈膝下跪，背叛杜媺，答应收纳孙富的1000两白银，将杜媺卖给孙富。骤然闻变，石破天惊，在杜媺心里翻腾的是三重悔恨：一悔自己8年择人而失误，二憎李甲之驴粪蛋子外面光，三恨以李布政面目出现的狰狞现实。难能可贵的是，极度伤心痛苦的杜媺"泪如雨下"，却没有像通常女性那样对负心汉戟指痛骂，只是"冷笑一声"，之后的一系列安排——镇静、从容，果决、坚定而毫不乞怜……

杜媺投江之前，将一屉比一屉珍贵的宝物掷投于江，"李甲不觉大悔，抱持十娘恸哭"，此时恸哭的李甲，或许已不限于对价值连城的珠宝之痛惜；而杜媺之悔断肝肠，难道会仅仅是因为爱情破灭吗？

屈原怀石而投汨罗，杜媺是抱着百宝箱而投长江。在小说里，百宝箱原本是杜媺爱情艰难进程中隐伏着的一条轴线，最后由杜媺抱着投江，分明是变成了投向阴霾的激雷闪电，嗣后又静影沉璧，化作了永远的水底皎月。

优秀的小说是无法面壁虚构的，我相信"杜媺"在生活中实有其人。问题是，到了如今，面对金钱与爱情，会不会有人认为杜媺是个十足的傻瓜，而李甲、孙富，反倒是明白人呢？

看似寻常最奇崛

阅读欧阳修的《相州昼锦堂记》，先得弄清楚"濮议之争"。

宋仁宗赵受益无子，其叔父有子为濮王赵允让，允让生子赵宗实，仁宗立堂侄宗实为己子。嘉祐八年（1063）仁宗卒，宗实嗣位，为宋英宗。治平二年（1065），英宗命群臣议崇奉其生父赵允让。群臣分成两派：司马光、范纯仁、吕诲他们认为"应称仁宗为父"，而韩琦、欧阳修则认为受益、允让皆为父母，也应称"生父允让为父"。两派分庭抗礼，针锋相对，是为"濮议之争"。

《相州昼锦堂记》写于治平二年秋天。韩琦至和二年（1055）节度家乡相州，同僚以衣锦荣归为词请韩琦有所纪念，韩琦便在旧宅后圈筑了座"昼锦堂"，且刻诗于石，"以遗相人"。10年前的一座堂屋，欧阳修未曾涉足，只是读过石刻的《昼锦堂诗》，况且欧阳修年近花甲，"癃瘠昏眊，几不自支"，而韩琦也没有让他写什么的意思，既然这样，欧阳修为什么还要写这篇记文呢？起因是：濮议之争步步升级，胶着于白热化的状态，形势所迫，欧阳修已经感觉到，自己作为中书省制礼思想的主脑、骨干，对方的矛头很快就会集中地对准自己，他不能不动用自己的"杀手锏"——笔杆子。

韩琦是他们这一方的旗帜，愈挫愈奋的欧阳修要以更为坚实有力的步伐挺身抗争，只有进一步强化韩琦这一面擎起的大旗。怎样强化呢？只能从历史纵深处展示韩琦光明磊落的博大襟怀、精神境界，这样，既能激励韩琦本人的信念和斗志，又能让这杆大旗在风暴里更显神威。这里扶病为文，欧阳修也有抒怀言志，自奋自励，进一步展示己方阵容的意图，以期从舆论上率先发制敌手的深层用意。

欧阳修的预感极度准确。此文写成不多久，侍御使吕诲与范纯仁、吕大防在元月七日就联名上疏，认为"豺狼当道，击逐宜先"，指斥欧阳修"首开邪议，妄引经据"，其罪行为"政典之所不赦，人神之所共其弃"。再者，欧阳修为文时所期待着的效果也相当显著：韩琦读罢此文，欣慰、过瘾，一有空闲，便取出来反复吟味。文章写成几天之后，欧阳修又让书童为韩琦送上新的抄本。韩琦展读再三，发现新版本只有极细微的变动：仅仅将原文开篇的"仕宦至将相，富贵归故乡"改为"仕宦而至将相，富贵而归故乡"。两处虽然只添了一个虚字，映衬韩琦，却显得威仪如山，襟怀度量更为恢宏。

文章忌散。"昼锦"之源头出自霸王项羽"富贵不归故乡，如衣绣夜行"之语，此文却将千多年前的苏秦、朱买臣并归之于昼锦堂，再以韩琦的诗作为契机，对传统的巨大俗风进行力挽狂澜式的反驳。视阈辽阔，题旨沉重，大幅度强化了韩琦这面"旗帜"的质地、风采，直让对手们喘不过气来。

两派斗争愈演愈烈。正月十三日、十八日，吕诲他们又连上两道弹章，弹劾欧阳修；此前还有五道奏章，弹劾韩琦。直至正月二十二日，朝廷颁发了曹太后的手书，肯定了韩、欧的政见，历时18个月的濮议之争才落下大幕，终于平息。

双方对阵期间，韩琦中流砥柱式的作用，不言而喻，而欧阳修在韩琦前后左右所发挥的鼎峙之力，从这篇文章里也尽可推知。

千多年前的濮议之争，今天看来，没有什么实际意义。令人难解的是，两派中皆不乏品行高尚的人物，争斗中却是意气用事，"争之不得，则发愤而诬人私德"，朝对方脸上肆意抹黑。韩琦宝元三年（1040）曾出任陕西安抚使，与范仲淹共同抗御西夏的入侵，韩范并称，名重一时，结晶成的友谊是很珍重的。可在这场斗争里，韩琦读过范纯仁的奏章后，黯然神伤，禁不住对同僚叹息："我与范希文（仲淹字希文）情同兄弟，视范纯仁亲如子侄，他怎忍心如此相攻？"一场混战，将长期结下的珍贵友谊很快就践踏成了一地鸡毛。这种互掐、撕咬现象，连司马光、韩琦、欧阳修式的杰出人物也无从幸免，我们后人翻检历史，难道不可以从中吸取痛心的教训吗？

诡异的是，《相州昼锦堂记》在600多年后却进入了广为流传的《古文观止》，且被誉为"天下莫大之文章"。文章围绕"昼锦"二字盘旋起笔，层层蓄势，将衣锦还乡与苏秦所感叹的"人生在世，势位富贵盍可忽乎哉"巧妙地融为一体，在将这种"古今所同"的世俗观念表至极限时，只一句"惟大丞相魏国公则不然"，笔锋突折，瀑布直下似的袒开了韩琦那建功立业、安邦定国的云水襟怀，以掀揭磐石的万钧之力，将风行于世的官迷思想一举推翻。推究其实，韩琦襟怀正与欧阳修的襟度气象契合如一，大旗猎猎，擎旗人正是欧阳修。

文章者，"经国之大业，不朽之盛事"，话是说得重了。然而载道的大小轻重还是有分晓的。孙犁在谈到欧阳修的创作时强调，其间的一条主要经验"是所见者大，而取材者微。微并非微不足道，而是具体而微的事物。"——此文读起来悠然流畅，仿佛只在谈论石刻的韩琦一诗。若结合具体的形势而细加考量，却分明是凝重老辣，剑戟竖列，有似于诸葛亮摆在长江三峡里的八阵图，伏藏着雄兵劲旅，硬弓强弩。韩琦对此文之心领神会，爱不释手，绝非偶然。

求取荣华富贵，是人生的重要题目；朝廷之政见交锋，是较量的重大关节；而参与者，又多为有胆有识的一代精英。尽管文章只是从一座后圃堂屋着墨写起，因为笔如蛟龙，也就掀起了万丈波澜。"看似寻常最奇崛"，如此文章，算不算是"大散文"呢？

散文之大小难于界定。这篇文章，也就590个字。现在不同了，千字文在刊物上也得另为归类，因为字数够不上一个"大"字，也因为现在讲稿酬，稿酬之多寡，又是按字数计算的。

性灵说浅议

"百余年来，极山林之乐，享文章之名，盖未有及先生者也。"这个先生，指的就是袁枚。

袁枚以性灵论诗，创性灵说，其性灵说的核心，是感情真挚。袁枚的诗文里，单是写到三妹素文的，诗作有《送三妹于归如皋》《哭三妹五十韵》，文章有《女弟素文传》《祭妹文》。仔细品味这些诗文，有助于深入理解性灵说的内涵。

祭奠性的文字，通常对亡故者只言其大而略去其小。《祭妹文》则不然，其最大特色是着力于平凡、琐碎的生活细节的描述、运用。幼时同捉蟋蟀，三妹"奋臂出其间；岁寒虫僵，同临其穴"，天真活泼、纯真善良的心性活灵活现。兄九岁憩书斋，妹"梳双髻，披单缣来，温《缁衣》一章……童音琅琅然"，同窗就读、融洽无间。兄弱冠粤行，妹"掎裳悲恸"；兄在三年后衣锦还家，妹"从东厢扶案出，一家瞠视而笑"。兄患病，妹是"终宵刺探，减一分则喜，增一分则忧"……这里所择取的细节，尽都围绕着兄妹情谊，写意传神，丝丝相扣，挽接成一个亲密的、珍贵的感情结体。

　　文学创作不能胶滞于生活，静止、凝重之中，应作流动超逸之想。此文写于三妹辞世8年之后，对时序遥远了的细节回放之际，草蛇灰线，紧紧衔接以眼目前的现实。比如捉蟋蟀而"岁寒 虫僵，同临其穴"，续之以"今予殓汝葬汝，而当日之情形，憬然赴目"，更添以"汝死我葬，我死谁埋？汝倘有灵，可能告我？"渐行渐远了的往事，因为三复其景，反思中密切地进行回应，形似散而神凝，老窖酿酒似的，这些寻常细节的意味就不寻常了。

　　祭奠性的文字只取其大之外，又一弊端是为亡者讳，着意掩饰亡故者的人生缺憾。袁枚则不循套路，尊重生命的原汁原味。此文没有回避三妹一失足成千古恨的弱点："汝以一念之贞，遇人仳离，致孤危托落"。素文不足周岁就许配如皋的高氏子，成年后本可以顺利解除婚约，可她囿于"从一而终"的观念，执意嫁给了劣如禽兽的高氏子，受尽了蹂躏和侮辱，万般无奈之下，才归而侍母。归后有病不治，遇风辰花朝，辄背人而泣，40岁就离开了这个世界。对于素文的重大失误，袁枚则诚恳地归咎于己，"累汝至此者，未尝非予之过也"，认为是"差肩而坐"的妹妹为陪伴自己读书才致成的。这类无从回避的缺陷，依然紧扣着兄妹情谊的主脉，一气贯注，追根究底，文意由浅入深的同时，冉冉而逝的三妹形象也进一步立体化。

　　袁枚的一杆笔婉转灵动，叙事则简洁尽致，抒怀则滂沱淋漓，杜绝了一切空泛、拘泥、做作型的祭文框架。

　　　　汝之疾也，予信医言无害，远吊扬州；汝又虑戚吾心，阻人走报；及至绵惙已极，阿奶问："望兄归否？"强应曰："诺。"已予先一日梦汝来诀，心知不祥，飞舟渡江，果予以未时还家，而汝以辰时气绝；四支犹温，一目未瞑，盖犹忍死待予也。呜呼痛哉！早知诀汝，则予岂肯远游？即游，亦尚有几许心中言要汝知闻、共汝筹画也。而今已矣！除吾死外，当无见期。吾又不知何日死，可以见汝；而死后之有知无知，与得见不得见，又卒难明也。然则抱此无涯之憾，天乎人乎！而竟已乎！

节奏急促的短句，再现着素文绵惙已极时的弥留情景，其满腹冤屈、孤苦难咽尽都隐含于"四支犹温，一目未瞑"之中了。对这等极致状态的描绘，袁枚是五内如焚，因为倾注了毕生深情，致使这段笔墨颤抖的描白自然地与催人泪下的抒怀文字融为一体，在撕心裂肺的痛哭声里，对生死不渝的兄妹情分进行了肝肠寸断式的宣泄，其间浸透了自作者灵魂里裹挟而出的血和泪。这个世界上，哪一天没有生离死别之事呢？这里则是谱成了祭文里的一曲绝唱。

袁枚存诗近7000首，《哭三妹五十韵》588字，应属于重头之作。但其身后200多年间，无论是古文选本还是中小学语文教材，大凡有袁枚的作品，所选的往往是《祭妹文》，哭三妹的诗作，则无缘涉足。其间原因何在呢？

"诗家两题，不过'写景言情'四字。我道景虽好，一过目而已忘；情果真时，往来于心而不释。孔子所云'兴观群怨'四字，惟言情者居其三，若写景，则不过'可以观'一句而已。"既然袁枚在《随园诗话补遗卷》里有这样的话，我们在这里就无妨比较一下该诗与该文的收尾。诗作是："今朝偏送汝，他日更呼谁！残雪敲窗户，悲风动酒卮。浮生千古幻，哀挽几行辞。盼断黄泉路，重逢可有期？"《祭妹文》是收尾如下：

呜呼！生前既不可想，身后又不可知；哭汝既不闻汝言，奠汝又不见汝食。纸灰飞扬，朔风野大，阿兄归矣，犹屡屡回头望汝也。呜呼哀哉！呜呼哀哉！

"感情正烈的时候，不宜作诗"（鲁迅语）。不宜作诗，即转笔为文，《祭妹文》明显的是更直捷、真切，更撼动人心。如果重温袁枚从实践中摸索出来的"夫子自道"："诗虽奇伟，而不能揉磨入细，未免粗才；诗虽幽俊，而不能展拓开张，终窘边幅。"从这里认真地梳理该文是怎样从平实逶迤的溪流而渐渐汇集成感情瀑布的勃涌激溅的，我们是否更能悟得些诗文各具短长的微妙消息呢？

当今社会，有名位者的追悼会上，悼词早就取代了过去的祭文。由儿女们一再坚持、经组织上逐字审定通过的悼词，千篇一律，虽不能说空泛干巴，将亡人生时有血有肉的"性灵"行状，基本上却是全面勾销了。如此悼词，且不论感人的程度，其传世价值，能与《祭妹文》相提并论吗？

丈夫襟怀

袁枚、蒋士铨、赵翼并称乾隆三大家，蒋、赵推重袁枚，其诗集皆请袁枚为序。袁枚的文章里，我尤其喜爱《记鲁亮侪》。

鲁亮侪在河南总督田文镜门下供职。田公位高权重，以严厉苛刻著称。有一天好事来了，田公命令鲁亮侪去摘取中牟县李令的官印，并就此代理县令。鲁亮侪去了中牟，很快又折了回来，起因是深入了解之后，他认定李令是个贤能的好官，别人的弹劾虽非诬告，可内中的情由却值得体恤。鲁亮侪违背田公之令，决心放弃这个诱人的官位。

田公麾下的提、镇、司、道各级官员，对田公都非常敬畏。鲁亮侪回省之后，先去拜见布政司、按察司，禀报了事情的内情、原委，两司皆曰："鲁亮侪呀，你难道犯丧心病了吗？哪有你这样办事的？这种事在别处尚且不许，何况田公！"

文章紧要处，是鲁亮侪翌日一早面见田公。眼见田公就要发火，斡旋其间的两司赶忙拜伏请罪："是我们平时教诫不力，才有鲁亮侪这样狂妄悖理的官员。这事交给我们，我们严厉审讯他在中牟县拉派作弊的罪行。"鲁亮侪脱下官帽，当即向前叩头，大声说道：对呀，应当这样。可我请求把话说完（下面即为原话）：

  裕（亮侪名之裕）一寒士，以求官故，来河南。得官中牟，喜甚，恨不连夜排衙视事。不意入境时，李令之民心如是，士心如是，见其人，知亏帑故又如是。若明公已知其然而令裕往，裕沽名誉，空手归，裕之罪也。若明公未知其然而令裕往，裕归陈明，请公意旨，庶不负大君子爱才之心与圣上以孝治天下之意。公若以为无可哀怜，则裕再往取印未迟。不然，公辕外官数十，皆求印不得者也。裕何人，敢逆公意耶！

  他简要表明自己赴任经过兼及改变初衷的原因，接着，话锋直指田公：我说的这些情况，大人如果事前了然于胸，我这样复命，那就是我的罪了；如果大人不了解内中情况，我今天回来申明原委，或许可以不辜负大人的爱才之心（刘令有才能），同时也不辜负圣上以孝治理天下的意旨（刘令是借俸尽孝才亏损国库的）。大人这次差遣，是额外地抬举我、器重我，在你的厚爱之下，我如果轻义重利，顺水推舟，只顾自己荣耀晋升，这能对得起你对我的苦心栽培吗？

  百余字的辩解听起来委婉、恳切，实则是劲气如龙，绵里藏针：一是你没有调查研究，撤换刘令的决策是个失误；二是如果将刘令与我一并治罪，既不符合圣意，也只能证实你的爱才之心是个虚伪的幌子。这样，你的人品就有问题；三是你假如要维护自己的尊严，将错就错，那就另外派员吧，本人拒绝从命。

  鲁亮侪心里清楚，二司昨天已将这件事向田公禀报过了，田公没有表态，显然也没有收回成命的意思（因为摘印事宜已经写成给皇帝的奏章送出去了）。在大庭广众中面对怒气满腔、亟欲发作的田公，鲁亮侪这是站在悬崖上的孤注一掷，也只能是鹰击长空的最后一搏。这里刻画田公，仅用"面铁色、干笑、默然、变色、下阶"之类扼要平实的字眼，简洁利落，便将其复杂、剧烈的心理活动揭示得淋漓尽致。至于两司的法内含情、恭谨慎微，着意祖护时又暗中示意鲁亮侪"赶快退下"的微妙眼神，更将大堂上剑拔弩张的森严气氛推至极致——此时此际，端的是石欲破而天欲裂。

全文在繁简处理与细节运筹上精裁慎减，步入了炉火纯青的境地。围绕鲁亮侪，以中牟县的所见所闻远相映照，回省之后，以两司及辕门之上下层层设衬，这些都是点到即止，简而又简；可在阎罗王似的田公面前，写到鲁亮侪的剖腹表白，则是紧矢密镞，不惜占用全文五分之一的篇幅。文势如海外天风，大开大阖，充分显示出"文心雕龙"者卓越的驾驭能力。

鲁亮侪"骑驴"进入中牟，面对着陈述内情而潸然泣下的刘令时，针对摘印大事当如何处置？文中这样描述：

> 鲁曰："吾暍甚，具汤浴我！"径诣别室，且浴且思，意不能无动。良久，击盆水誓曰："依凡而行者，非丈夫也！"具衣冠辞李，李大惊曰："公何之？"曰："之省。"与之印，不受；强之曰："毋累公！"鲁掷印铿然，厉声曰："君非知鲁亮侪者！"竟怒马驰去。

假如没有且浴且思而"击盆水誓"的细节铺垫，嗣后的"掷印铿然""怒马驰去"，会显得突兀。"掷印铿然"，这是鲁亮侪刚正、磊落的心声。"怒马驰去"直如闪电倏忽，又与文之收尾遥相对应，照拂着鲁亮侪"武艺尤绝"的巍然身影。对于骑驴换成骑马、缓行化为驰去这类简

193

单的行色置换，袁枚笔底也是一丝不苟。此文不单使鲁亮侪智勇过人的形象须眉毕现，田文镜威严的身姿也悄悄然负重提升。文字省检，又一箭双雕，其散文细节之巧妙运筹，何等神奇。

读者或许要问，袁枚与鲁亮侪的关系，非寻常吧？袁是杭州人，鲁是麻城人，袁枚23岁那年，只是在保定的一间厢房里，从侧面窥视过向上峰禀报工作的年已七旬的鲁亮侪。动意写这篇文章，则是"鲁公卒已久"（20多年后）的事情了。缘起是在南京偶然听到"葛闻桥"其人提说到"摘印"之事，袁枚才决心要写写这位"奇男子"的。

文不过千字，为什么能将仕途波澜描绘得这样透彻、逼真呢？袁枚曾先后在溧水、江浦、沭阳、江宁诸县当过6年县令，对于官场上下有着透彻的认识。正因为袁枚与鲁亮侪的阅历、精神暗相契合，既致成写作的灵感动因，更是此文得以成功的根底所在，自然也寓有作者自抒性情、自度抱负的深长用意。后来，有论家认为袁枚的作品致力于闲情逸致，缺少社会内容，多少是有些误会了罢。